超美形の俺が別世界ではモブ顔です

夢乃咲実

幻冬舎ルチル文庫

CONTENTS

✦目次✦

超美形の俺が別世界ではモブ顔です

✦カバーデザイン＝コガモデザイン
✦ブックデザイン＝まるか工房

イラスト・花小蒔朔衣✦

超美形の俺が別世界ではモブ顔です

つけられている。

同じ足音が同じ距離を保ってずっと後をついてくる。

直央《なお》は確信した。

帰りに寄ったスーパーからだ。

こういう面倒をなるべく避けるために、毎回買い物をする店は変えている。

住んでいるマンションは駅から遠いが、その代わり二つの路線の別々の駅を使えて、ランダムに違う駅を使い、違う店に寄るようにしているのに、これだ。

今日は早番だったので、久しぶりにコンビニ飯ではなくスーパーで材料を買って何か簡単なものを作ろうと思ったのだが……そういう行動パターンまで誰かに読まれているのだろうか。

少しでも明るい道を、と遠回りをしつつ背後の相手をまけないかと思っているのだが、今日の足音はなかなかしつこい。

いつかの中年男ではなく、若いやつなのかもしれない。

だとすると、走っても追いつかれる可能性がある。

直央は早足で歩きながら急いで考えを巡らせ、昼でも夜でもかぶっている帽子のつばをさらにぐいっと引き下げると、次の角を真《ま》っ直《す》ぐ行くと見せかけてからいきなり曲がり、そして走り出した。

足音も慌てたようについてくるのがわかる。

すぐ先には、近くの幹線道路の抜け道になっているところがある。

歩行者信号は赤だったが、直央はさっと左右に視線を走らせ、トラックが近付いてきているのを見ながら横断歩道を走った。

トラックのクラクションが聞こえたが、振り向かずに走り続け、ようやく背後の足音がなくなったことを確かめてから歩調を緩めた。

クラクションはおそらく直央に続いて赤信号を無視して横断しようとしたストーカーに対するものだ。

おそらく渡れなかったか、渡れても直央を見失うくらいの遅れがあったはずだ。

「ふう」

直央はため息をつき、そして再び背後と左右に用心しながら足を速めると、不意に何かに躓《つまず》いた。

次の瞬間前のめりに転び、慌てて両手を地面につき……

「痛た！」

思わず声をあげる。

住宅の塀の前に置かれていたプランターに躓き、手をついたところに木の枝が落ちていて、その細い、乾燥した枝が手に刺さったのだ。

左右と背後に注意しすぎて足元がおろそかになった結果だ。

「……なんだよ、もう……」

直央は泣きそうになりながら立ち上がった。

躓いたつま先と、枝が刺さった掌《てのひら》が痛い。ちょっと血が出ている。

たいした怪我《けが》ではないが……ストーカーにつけられなければ、こんな道に入り込んで躓くこともなかったのに、と思うと悔しい。

唇を噛《か》み、直央は再び早足で歩いて、ようやく自分のマンションに辿《たど》り着いた。

ここまで来てもまだ油断はできない。

何しろ直央の収入ではオートロックの建物には住めないので、建物に入ったら背後に注意しながら、エレベーターに乗るか階段を使うかを決めなくてはいけない。

幸い背後からは誰も来なかったしエレベーターも一階で口を開けていたので、飛び込んで扉を閉め、すべての階のボタンを押す。

二階に着くと左右を確認しながらエレベーターを降り、自分の部屋の鍵を開けて素早く入ると、すぐにロックする。

もともとついている鍵以外に、自分でつけた金属製ロックが三つほどあって、それを全部かけ、ようやく直央は靴を脱ぎ、部屋に入った。

変装……というか、顔を隠すための帽子と、フレームばかりが目立つ黒縁のだて眼鏡《めがね》をはずして適当に放り投げる。

それでもすぐに電気はつけない。

外から見ているかもしれない誰かに部屋を特定されるのを避けるためだ。

しばらくしてからようやく直央は用心深くまずカーテンを閉め、それからやっと電気をつけ、ほうっと息をついた。

全く、なんという一日だっただろう。

朝は電車の中で痴漢に遭い、ベルボーイとして働いているホテルでは、客に柱の陰に連れ込まれてチップをやるから個人的に部屋で話そうと言われ、断るのに苦労し、なんとか断ったらフロントにないことないことの大変なクレームを入れられた。

こういうことすべてが直央にとっては珍しいことではないのだが、それが一日に複数重なるとさすがに滅入《めい》るというものだ。

とどめが、さっきの転倒だ。

それもこれもすべて、自分の顔が「まれに見る美貌《びぼう》」だからだ。

これは思い込みでもうぬぼれでもなんでもなく、直央自身にとっては迷惑きわまる、厳然たる事実なのだ。

幼い頃から、直央の容姿は周囲を感嘆させてきた。

赤ん坊のとき、すでにモデルのスカウトが何件かあったらしいし、小学生の頃には上級生や他校の生徒までが直央を「見に」来たし、男女問わず告白もされた。

どうやら直央の顔は、「奇跡的なバランス」でできているらしく、眉の長さとかたち、目の大きさ、睫《まつげ》の長さ、鼻の高さから唇のかたちまで、すべてが「理想型」の集まりであるらしい。

中学生になるともう、繁華街に行けば道行く人が息を呑《の》んで直央を見つめ、交差点ごとにナンパかスカウトに引っかかる、という状態だった。

その頃には、自分の容姿が「希有《けう》な美貌」であるばかりではなく「変なフェロモン」のようなものも出していて、特に男性を惹《ひ》きつけるらしいこともわかってきていた。

電車や書店での痴漢は日常茶飯事、大学ではストーカーめいた男に危ない目に遭わされかけたりもした。

そして一番困ったのは、直央自身はそういう自分の容姿を武器にするような仕事やライフスタイルに全く向いていない、ということだ。

容姿以外の部分で、特に自信を持てるものがない。

勉強もスポーツもすべて「そこそこ」で際立ったものなど全く持っていない。

そして唯一他人に評価される「容姿」も、評価と一緒に面倒を連れてくることがわかっているので、疎ましいものでしかない。

本当は、慎《つつ》ましく目立たずおとなしく生きていたいのだ。

そんな、容姿と内面のギャップが災いし、妬みそねみや誤解などにうまく対応できず、他人との距離感が上手に取れなくて親しい友人と呼べる相手も作れなかったし、恋愛もしてこなかった。

それどころか仕事も……直央がやりたい仕事はことごとく面接で「その顔でなぜ」「面倒が起きそう」という理由で断られ、就職活動もうまくいかなかった。

それでも学生時代にはなんとかホテルの清掃のバイトに潜り込んだ。

もっともそのバイトすら面接で最初は「芸能人が覆面企画か何かで応募してきた」と思われてたくらいなのだが。

なんとか採用されてからは真面目《まじめ》に仕事をし、その結果、就職できなかったと知った上司がフルタイムのバイトとしてベルボーイにならないかと誘ってくれた。

それも客室係とは違って、ホテルのロビーで客に見られるという意味ではあまり得意な仕事ではないのだが、他に選択肢はなかった。

両親は直央が中学生の頃に離婚をし、その後それぞれに再婚していて、大学の学費までは出してもらえたがそのあとはどちらの家庭にもなんとなく遠慮があって、頼る場所がないので、自立するためには仕事があるだけでありがたいのだ。

とはいえ、日々、今日のような厄介ごとは起きる。

「……なんで、こんな顔に生まれちゃったかなあ……」

食欲もなく、とりあえずペットボトルの麦茶を飲んで、直央は呟《つぶや》いた。

自分が醜かったら、とまでは思わない。それはそれでいろいろ理不尽な目に遭うこともあるだろう。

ただただ、目立たない平凡な容姿でありたかった。

誰からも注目されない、ごくごく普通の人間でありたかった。

明日の朝目覚めたら、自分が平凡に生きられる世界に変わっていたらいいのに。

こんなことを考えるのは、最近はまっている小説のせいかもしれない。

異世界転生もの、というやつだ。

何かのきっかけで異世界に行って、そこで生きる……現在の記憶を持ったまま。

中世みたいな世界だったりSF的な世界だったりそこはいろいろだが、どんな世界だってきっと、今いる世界よりは生きやすいはずだ。

そうだ、今日は読みかけの本を読んで現実逃避をしよう。

とりあえず、シャワーだけ浴びないと。

学生時代から住んでいるロフト付きのワンルームマンションには、風呂はないが半畳ほどのシャワーブースがある。

中には鏡があるが、直央はそれをシャワーカーテンで覆ってしまっている。

面倒ばかり起こす自分の顔を見るのはうんざりだ。

だから、家の中には他に鏡はなくて、どうしても身支度に必要なときだけこのカーテンを開けて使うのだ。

今はシャワーを浴びるだけなので、当然カーテンは閉じたまま。

シャワーのあとざっと髪だけ乾かして、寝間着用のTシャツを着て、直央はロフトに上がった。

上半身を起こしただけで頭が天井にぶつかりそうなロフトだが、寝るだけなら問題はなく、意外に居心地はいい。

布団に転がると、直央は枕元に置いてあった読みかけの本を手に取った。

主人公は、道で車にはねられて、恐竜がのしのし歩いている古代に飛んでしまう。だがそこには人間がいて、現実の地球の古代とは違う。

そこで主人公は現代の知識を生かして、人々から感心されはじめたところだ。

自分だったら、こんなふうに今持っている知識を生かせるだろうか。

いつもだったらわくわくしながら読むのだが、今日はどうも気が乗らない。

想像の中だけではなく……本当に、どこか違う世界に行けたら、と思う。

たとえば、自分の顔が「美しくない」世界というものが存在するとしたら。

そこに行きたい。

別世界で、特に冒険などしなくても構わない。ただただ平凡に生きられるのなら、目立たずひっそりと生きていきたい。
そんなことを考えているうちに眠気が襲ってきて、直央の指から文庫本が離れる。
目が覚めたら、美醜の感覚が違う別世界にいればいいのに。
または……朝起きたら、自分の顔が全く別の目立たない顔になっていたら。
透明人間になっていてもいい。
帽子も、だて眼鏡もサングラスもマスクもなく、人混みを気兼ねなく歩けるのなら。
行きたい。
そういう世界で、生きたい。
神さまがいるのなら、どうか……どうか……
心の奥底でそう強く願いながらも、直央は自分が眠りの中に沈んでいくのを感じ――
突然、ぐいっと自分の身体《からだ》が横滑りするような感覚があって。

目が覚めた。
窓から、カーテン越しに差し込む日差しが明るい。
直央は瞬《まばた》きし、天井を見た。
いつもの見慣れた、低いロフトの天井だ。

「なんだ……まあ、そりゃそうか」

直央は苦笑した。

眠る前にあんなことをいろいろ考えているから、起きたら別世界にいるような気がしたのだが、もちろんそんなわけがない。

むっくりと起き上がり……はたと気付いた。

自分は今、どうして目が覚めたのだろう？

なんだか身体がぐいっと横滑りするような妙な感覚があったのだが。

目覚ましは――

左右を見回すと、目覚まし時計が手の届かない位置に転がっている。

時間を見て、直央はぎょっとした。

起きなくてはいけない時間をとっくに過ぎている！

昨夜、目覚ましをセットし忘れたのだ。

「うわ！」

思わず声を出し、直央は慌てて転がるようにロフトから降りると、最低限の時間で歯を磨き顔を洗い、濡《ぬ》らした手で髪を撫《な》でつけ、服を着て、最後に眼鏡と帽子を身につけようとして……それが見当たらないことに気付いた。

昨夜……いろいろあってめちゃくちゃな気持ちで帰ってきて……帽子と眼鏡は、そのへんに適当に放り投げたような気がする。

目につくところにはないし、徹底的に探すような時間もない。

とっさに直央は、マスクがある場所を思い出して引っ張りだし、そして前髪をぐちゃぐちゃにして額《ひたい》に垂らし、目元を隠した。

片手でマスクをかけながら玄関を開け……その瞬間、なんとなく違和感を覚えたがとにかく焦っていたのでそのままドアを出て、鍵をかけ、マンションから走り出た。

一番近い駅までは徒歩二十分の距離だが、もちろん走れば縮められる。

ぎりぎり出勤に間に合う電車になんとか駆け込んで、直央ははあはあと息をついた。

何しろ昨夜は食欲がなかったし、今朝も何も食べられなかったので、身体に力が入らない。

だが……電車の中は、油断してはいけない場所の一つだ。

前髪を垂らし、大きめのマスクをほとんど目元まで引っ張り上げても、直央の「美貌」とかおかしな「フェロモン」というものは隠しきれないようなのだ。

変装していても痴漢には遭う。

だが変装していれば少しはマシ。

そんな程度なので……なるべく安全そうな位置、できれば女性に囲まれそうな場所を探すのが常なのだが、今日は駆け込み乗車に近かったので、そんな余裕もない。

それでもこの時間の電車は、満員というほどでもなく適当な空間があるのでマシな方だ。

直央は扉近くで、周囲からの視線を避けるように俯《うつむ》いた。

今日は幸い他人からの視線もそんなに気にならず、都心の乗り換え駅に着く。

すると電車に少し遅れがあったらしくてホームからもう混んでいて……押し込まれるように乗り込むと、電車はぎっしりの満員だった。

そしてよりによって、閉まったドアに押し付けられ、男ばかりに囲まれる状態になってしまう。

くそ……今日も痴漢に遭うのか。

ほぼ決定事項として直央はそう覚悟したのだが……

何も、起きない。

不思議なことに、背後から直央の首筋に息を吹きかけてくる気配も、腰のあたりに忍ばせてくる不審な手も、ない。

いや、それはそれで本当にありがたいことなのだが、なんだか不思議だ。

それでもいつ何が起きるかわからないので緊張したまま、目的の駅に着く。

ここからは勤務先のホテルめがけてダッシュだ。

幸い赤信号にも引っかからず、なんとか遅刻ぎりぎりで、直央は従業員用出入り口に飛び込んだ。

「おはようございます」

そう言いながら入館記録にサインしようとすると……いつもならそのタイミングで差し出される、直央の入館証が出てこない。

「え……えと」

直央が戸惑って顔を上げると、顔見知りの守衛の老人が、ちょっと気まずそうな顔で言った。

「ええと、名前、なんでしたっけね」

……え？

直央は思わず守衛の老人を見つめた。

守衛は何人もいるが、いつもなら名乗らなくても顔を見ただけですっと入館証を差し出してくれる。新しい人が入っても、直央の目立つ顔はすぐに覚えるようだ。

この人は古株なのにどうしたのだろう、と一瞬直央は心配になったが、老人が戸惑っているようなので、「友部《ともべ》です、友部直央」と名乗った。

「友部……友部さん、ああそうだった、はい」

入館証が差し出され、直央は遅刻寸前なことを思いだし、ぺこりと頭を下げて裏動線の通路に駆け込む。

エレベーターで三階に上がり、ロッカールームの扉を開けると、そこには数人の同僚がいた。

　さっと視線が直央に向き、直央は「……おはようございます」となるべく普通の声で言ったが、緊張している。

　同僚たちの、直央に対する風当たりは結構強い。

　早めに出勤すれば「顔は派手だけど謙虚に仕事してるアピール」と言われるし、ちょっとゆっくりめだと「顔がいいからっていい気になってる」と言われるから、直央は職場でも気が抜けないのだ。

　今も、ベルボーイ仲間や客室係が直央のロッカーの前を塞いでいるのでいつもの意地悪かと思いつつ、

「そこ……いい？」

　下手に出る口調でそう言うと、彼らははっとしたように顔を見合わせた。

「あ、ああ、ここだっけ？」

　そう言って、すっと場所を空けてくれる。

　その口調と動作に、直央は違和感を覚えた。

　意地悪でもなんでもない……まるで、そこが直央のロッカーであることに本当に気がつかなくて、うっかりしていた、という感じだ。

　……まあいい、とにかく急いで制服に着替えないと。

ベルボーイの制服は、身体の線に合った丈の短いベージュの上着に黒のズボン、そして赤いラインの入ったベージュの帽子、仕上げが白手袋だ。

いい制服だと思うのだが、できれば円筒形の帽子にドアマンの帽子と同じようなつばがついているとなおいい、と思う。

顔が少しでも隠れるように。

だがホテルマンのはしくれとしてはそんなことも言っていられないので、直央は最後にロッカールーム出口に設置されている身支度チェック用の鏡の前に立った。

この、鏡の前に立つ時間がほんのちょっと長くても「ナルシスト」短くても「自意識過剰」と陰口を叩《たた》かれるので、なかなか大変だ。

いつものようにさっと全身に視線を走らせる。

どこも着崩れたりめくれたり皺《しわ》が寄ったりしていない。

そして……顔も、いつもの自分の顔。

いやでいやでたまらない、完璧な、奇跡的なバランスとしか形容しようがない、顔。

眉のかたち、鼻の高さ、目の大きさ、睫の長さから唇の厚み、顎《あご》のラインまで……すべてが「過ぎる」ことなく理想的な大きさ、かたちなのだ。

うんざりする。

だが、その顔を見るのはほんの一瞬だ。

いつまでもこの面倒ばかり引き起こす顔など見ていたくない。

直央は帽子からはみ出していた前髪をさっと撫でつけ、ロッカールームを出た。


ベルボーイの仕事は、気遣いと気配りが求められる。

もちろんホテルマン全般がそうなのだが、ベルボーイはホテルに入ってきた客がまず最初に接する相手だから、その第一印象がホテル全体の印象を左右すると言ってもいい、重要な部署なのだ。

その反面、ホテルマン初心者が接客のプロとして鍛えられるスタート地点の仕事でもある。

直央はフルタイムのアルバイトだし、ベルボーイの三分の一は同じバイトだが、ここから正社員に抜擢《ばってき》されていくこともあり、その後フロントなどを経て各部署で経験を重ね、時には違うホテルに転職などしつつ、マネージャーにまで上り詰められればまずホテルマンとしては成功だろう。

直央としてはあくまでもこれは、就職に失敗し、学生時代のバイト先が提供してくれた仕事であって選択肢はなかったのだが、それでもこの仕事は嫌いではない。

ホテルマンの品があって颯爽《さっそう》とした雰囲気は好きだし、仕事内容はもちろん、言葉遣いや仕草などがある程度決められていて、そこから逸脱することは許されないのが、むしろ「やりやすい」と感じる。

とはいえ「臨機応変」もかなり求められるし、「顔」のせいで面倒ごともあるのだが、それでも直央がこの仕事を嫌いではないと思えるのは、ホテルの客に「旅のにおい」を感じるからかもしれない。

もともと直央は旅行の計画を練るのが好きで、就職も旅行業界を希望していたのだがそれが叶《かな》わず、それでもバイトで「旅のにおい」を感じてどこから来てどこへ行く客なのか、などと想像するだけで楽しいのだ。

チェックイン開始時刻、ベルボーイたちは一列に並び、客を待つ。

空港から直行のバスが着いた連絡は入っており、そのバスから降りた客がどっと入ってくると、端から客に早足で近寄り「いらっしゃいませ」と声をかけ、荷物を受け取り、名前を聞いてからフロントに案内し、フロント係にその名前を伝える。

そんな流れの中で、直央は自分が近付くべき順番の客が、団体客の一員ではない、見覚えのある中年の男であることに気付いた。

あの顔ははっきり覚えている。

以前に、荷物を持って部屋に案内したとき、臀《しり》を触られた上にしつこく連絡先を尋《き》かれて振り切るのに苦労した相手だ。

直央は反射的に、ロビーのフロアチーフである高梨《たかなし》という上司を見た。

直央にこういう類いの面倒ごとが多いのを心得ている高梨は、違うベルボーイに素早く割り振ってくれるはず、と思ったのだが。

「友部、何をしてる、ご案内を」

高梨は小声で叱るように言った。

「え、でもあの」

視線でのSOSに気付いてくれないのか、と直央はさらに視線で訴えたのだが……

「おい、ぐずぐずするなよ！」

同僚の佐竹《さたけ》というベルボーイにも強く言われ、直央は唇を噛むと、覚悟を決めて客に近寄った。

「……いらっしゃいませ」

丁寧に、しかし声音に一切温度を籠《こ》めない、面倒ごとを重ねたあげくに身につけた声でそう言うと……

「予約の有村《ありむら》だけど。荷物はこれだけだから、いい」

客は素っ気ない声でそう言い、直央は妙な違和感を覚えた。

まるで直央のことを覚えていないような……見えてもいないような感じ。

顔がよく似た違う客かとも思ったが、確かあの客の名も「有村」だったし、間違いない。

戸惑いつつも、仕事中であることを忘れるわけにはいかない。

フロントに向かい、

「ご予約の有村さまご到着です」と声をかけ、有村がチェックインを済ませるのを傍《かたわ》らで待ち、そして先に立って部屋に案内する。

普段、男性客には館内説明など最低限のことしか言わないが、それでも相手からしつこくどうでもいいようなことを尋かれることが多い。

以前の有村も、ホテル内のことを事細かに尋ねたあげくに直央の個人情報をしつこく尋ねてきて、なるべくやんわりと「個人的なことにはお答えしかねます」と十回くらい繰り返していると、相手は舌打ちして最後は「失礼なベルボーイだ、クレームを入れてやる」と捨て台詞《ぜりふ》を言ったのだ。

また同じような事態になるのかと内心構えていたのだが……有村は直央の基本的な案内を無言で頷《うなず》いて聞き、最後は「はいありがとさん」とそっけなく言って、もう結構、という意思を示してみせたのだ。

「それではごゆっくりお過ごしくださいませ」と言って頭を下げ、直央は部屋を出たのだが、ほっとしつつ、どうにも釈然としない思いでいた。

もちろん、面倒はないに越したことはないのだが……あまりにも拍子抜けだ。

有村は記憶喪失にでもなって性格が変わったのだろうか、などとさえ思う。

しかし、釈然としない感じは、その後も続いた。

ロビーに戻っては新しい客を案内する、ということを繰り返すのだが……

今日はどの客も、直央の顔を見ても全く反応がない。

こういうことを考えるのは自意識過剰気味な感じで自分でもいやなのだが、とにかく日々、初対面の人間は直央の顔をみて一瞬はっとする。

それから、まじまじと見つめたり、慌てて視線を逸《そ》らしつつ横目で見たり、顔を赤らめたり、嬉《うれ》しそうな顔になったり、逆に不機嫌そうな顔になったりする。

老若男女、とにかく直央の「顔」に反応する。

それくらい直央の「美貌」は目立つのだ。

他のベルボーイが近寄っていっても「あの人に頼んでいい？」などとわざわざ遠くにいる直央を指名する客もいるくらいだ。

それなのに今日は……どの客も、直央の顔を見ていない。

いや、視線は直央に向けるのだが、まるで直央がいきなりのっぺらぼうにでもなったかのように、「顔立ち」になんの反応もしないのだ。

顔などない「ベルボーイ」という存在に対して、淡々と対応している、という感じ。

普段はカップルを案内すると片方が直央に見蕩《みと》れてしまい、直央が部屋を出たあと喧嘩《けんか》しているる声が聞こえたりすることもあるくらいなのに……今日は、直央が何か説明をしても聞こえないかのように、二人で会話を続けていたりもする。

物心ついて以来「顔」に悩まされてきた直央にとって、どうにもこうにも「変」という感じがする。

客が途切れた隙に、直央はフロアチーフの高梨にとうとう尋ねてみた。

「高梨さん、あの、俺、今日何かおかしいでしょうか」

「おかしい？　何が？」

高梨はまじまじと直央の顔を見つめる。

「別に、なんともないと思うが。身だしなみもちゃんとしているし」

身だしなみではなく「顔」のことを言っているのだが、それすら伝わっていないようだ。

直央が何か言いたげな表情をしたのか、高梨がちょっと首を傾げ「何か……」と言いかけたとき。

ロビーの空気がさっと変わった。

全員の視線がある一点に集中し、会話が止まったのだ。

その視線の先に、一人の男がいた。

三十過ぎくらいの、長身の男。

それはこのホテルのスイートを長期契約して住んでいる、ＩＴ系の複合企業の社長である高見原《たかみはら》という男で、もちろん直央も、ホテルの上客としての高見原のことはよく知っているのだが――

今日は、あまりのことに驚愕《きょうがく》して、高見原を目で追っていた。

高見原はいつもその特徴のありすぎる顔を隠すために、帽子をかぶったり濃い色のサングラスをかけたりしているのに。

今日は帽子もサングラスもなく、その顔をさらして歩いているのだ。

それなのにいつもと同じようにぴんと背筋を伸ばし、大股でロビーを突っ切っていく。

彼は、その「醜すぎる」顔を人前にさらすことを拒絶し、有名企業のトップでありながら顔を出さない「覆面社長」として生きているはずで、ホテルの従業員でもその素顔をちゃんと見たことがある者は限られるはずだ。

直央も、サングラスに隠れていない部分だけしか見たことがないが……

バランスの悪い面長の顔、意志の強さが目立ちすぎる唇、高すぎる鼻などは、確かにこの顔では生きにくいのだろう、と思わせるものだ。

直央の顔立ちとは全く正反対の意味で人目を引き、そして見た人が気まずそうに目を逸らしつつ、こっそりと好奇の目、哀れみの目、侮蔑の目などで盗み見てしまう顔。

それでも背筋を伸ばして堂々と歩いているさまに、直央はいつも感心している。

直央とは正反対の意味で顔を隠さずにはいられない人なのに、顔以外の部分では自分にちゃんと自信があるのだろうと羨《うらや》ましくさえ思う。

その人がどういうわけか今日は、その「醜い」顔をいきなりさらけだしている。

「あ、あの、あの」

動揺した直央は思わず高梨を見た。

「高見原さま……どうなさったんでしょう」

「どうって？」

高梨が眉を寄せて直央を見つめる。

「あの方はいつもあんな感じだろう？　友部、お前、今日はどうした？」

どうした、って……いつも顔を隠している人が、あんなふうに顔をさらして歩いていることに高梨は驚かないのだろうか。

そして直央は、周囲の人々の反応もおかしいことに気付いた。

近くにいた女性二人は決して嫌悪感ではない表情で高見原を盗み見ているし、老夫婦も「あいう人も世の中にはいるんだねえ」と感嘆の口調で頷き合っている。

おかしい。

何かが——おかしい。

直央自身に対する周囲の反応も含めて、絶対に何かがおかしい……！

と、その瞬間誰かがどん、と直央にぶつかった。

「失礼いたしま——」

反射的に言いかけて、直央はそれが同僚の佐竹であることに気付いた。

「ぼんやり立ってるなよ、そうでなくても存在感ないのに」

佐竹は自分からぶつかってきておいてそんなことを小声で吐き捨て、すぐに仕事用の笑みを顔に貼り付けて去って行く。

そうでなくても存在感がないのに。

そんなことを言われたのは生まれてはじめてだ。

「おい」

高梨が少し厳しい口調で言った。

「客も切れたし、お前ちょっと、顔でも洗ってこい」

直央もなんだか混乱してロビーから離れたくなっていたので、おとなしくその言葉に従って裏動線に入った。

従業員用のトイレに直行し、洗面所で鏡の前に立つ。

大嫌いな自分の顔が映る、大嫌いな鏡。

その顔は、いつもと同じだ。

長すぎも丸すぎもしない理想的な輪郭、直線的すぎずカーブを描きすぎてもいない完璧な眉、大きすぎも小さすぎもしない目、長すぎも短すぎもせず、多すぎも少なすぎもしない絶妙な睫……この調子でどこまでも続けられてしまう、他人から見たら「完璧な美貌」と言われてしまう、厄介ごとばかり引き起こす顔。

だから直央はせめてその顔に、他人の視線をなるべく拒絶する表情を乗せるしかない。

不機嫌そうに眉を寄せ、唇を引き結び、視線は伏せ気味にして。

もちろん、仕事中は少し控え目にしなくてはいけないのだが、もう顔に貼り付いてしまっているように感じるその表情も、いつもと同じ。

同じだけれど……周囲の反応が違う。

直央は通勤時からの違和感を改めて思い返した。

帽子もサングラスもなしで電車に乗ってしまったのに、誰も直央を見なかった。

痴漢にも遭わなかった。

そうだ、ホテルの守衛も、直央の名前と顔が一致していないようだった。

さきほどの、有村という客の反応もおかしかったし……

同僚の佐竹には「存在感がない」と言われた。

そして上司の高梨は、直央の違和感を「いつもと同じ」と受け流した。

何かが起きている。

だがいったい何が？

呆然《ぼうぜん》と自分の顔を見つめていると——入り口の扉が開いて、誰かがトイレに入ってきた。

その「誰か」と鏡越しに目が合い、直央は、それが宿泊部主任の飯田《いいだ》という上司だとわかった。

長身で、きちんと髪を撫でつけ、背筋をぴしっと伸ばしたいかにも理想のホテルマンという風情で、人にあだ名をつけるのが好きな同僚が「ホテルマン型アンドロイド」などと言っていたのを聞いたことがある。

ただ顔立ちは、鼻が少しばかり高すぎ、左右の眉の高さが少し違い、目の印象がシャープすぎるのが残念と言われている。

仕事ができ、公平で厳しい上司だが、誰ともプライベートな会話をすることがなくて私生活が謎な、少しばかりミステリアスな人だとも言われている。

直央にとっては「はるか上」の上司で、個人的に話したことはない相手だ。

「友部くん……だったな、どうした？」

その飯田が鏡越しに直央の顔を見て、不審げに尋ねた。

もちろん飯田は、ある意味「有名人」である直央の名前は知っているはずだ。

どうした、というのは……

「顔色がよくない」

飯田はそう言って、鏡の前の直央に並び、横から直央を見下ろす。

「具合でも悪いのか？」

「あ……いいえ、ちょっと」

直央は口ごもった。

こんなところでぐずぐずしていると「サボっている」と思われかねない。

そうでなくても直央は何かというと「顔立ちを鼻にかけている」と反感を抱かれがちなので、気をつけるに越したことはないのだ。

「なんでもありません、失礼します」

そう言って身体の向きを変えようとして——

足元が、ぐらりと揺れたような気がした。

「あ……！」

転ぶ、と思った身体が、ぐいっと力強く支えられる。

飯田の腕だ。

とっさに片腕で直央の腹のあたりを支えてくれたのだ。

だが直央は、他人に身体を触られることへの嫌悪感に、思わずその手から逃げるように身体をひねり、その瞬間また足がふらついて、洗面台にしがみつくようにしゃがみ込んだ。

「おい、どうした」

飯田が不審そうに言って、直央の隣に自分も屈《かが》み、直央の顔を見る。

「大丈夫か？　休憩室に行くか？」

「だ……」

大丈夫、と言いかけた瞬間。

ぐううう、と直央の腹の奥から派手な音がした。

「え……あ?」

直央はうろたえ、そして……飯田が吹き出す。

「なんだ、腹が減っているのか。朝食抜きなのか?」

そう言われてみると、昨夜は食欲がなく、夕食を食べずに寝てしまい……今日は今日で、ぎりぎりに飛び起きて、朝食も食べていない。

「きのうから……」

直央は消え入るような声で言った。

恥ずかしい。

アルバイトとはいえ、体調管理が不十分で仕事に影響が出るなんて、情けなさすぎる。

「まあ、空腹なら問題ない、食べれば治る」

飯田は苦笑すると、

「ちょっとおいで」

そう言ってトイレの外に出て、廊下の斜め向かいにある仮眠室に入る。

直央は一瞬、「上司に仮眠室に連れ込まれる」ことを警戒して足を止めたのだが、飯田はさっさと部屋に入ると、備え付けられている備品棚の扉を開けた。

中から何かを取り出して、ドアのところに立ったままの直央の方に、軽く放り投げる。

受け取ってみると、それはエネルギー系のゼリー飲料だった。

直央が思わず飯田を見ると、飯田はちらりと笑った。

「私の私物だ。ここに隠してある」

冗談めかしたその言い方から、直央はなんとなく飯田が自分のためではなく、今のような事態のために私的に備えてあるのかもしれない、という気がした。

「すみません……いただきます」

直央は自分が空腹であると意識した瞬間から、胃がきりきりするような感覚を覚えていたので、ありがたくゼリー飲料の飲み口を開ける。

「高梨くんに言っておくから、少し早めに正規の休憩を貰《もら》って、何か腹持ちするものを食べなさい」

飯田はそう言って、直央が礼を言う隙もなく、さっと直央の横をすり抜けるようにして仮眠室から出て行ってしまった。

直央は仮眠室の扉を半開きにして、立ったまま急いでゼリー飲料を飲み込んだ。

これだけでも胃の痛みが引いていくのがわかる。

――警戒した自分が恥ずかしい。

これまでの経験からどうしても身構えてしまうのは仕方ないが……飯田は気を悪くしなかっただろうか。

ゼリー飲料で少し空腹が落ち着き、直央は急いでロビーに戻って仕事を続けたが、「変」な感じはその日一日続き、とうとう直央はひとつの結論に達した。

直央の顔に誰も気をとめなくなっている。

何かドッキリとか、佐竹の反応などから新手のいじめという線も考えたが、ホテルの客や電車の乗客まで巻き込んで、というのは考えにくい。

奇想天外な考えかもしれないが一番納得できる考えは……たぶん直央の顔が「面倒を引き起こすほどの美貌」ではなくなっている、というものだ。

だが、鏡に映る自分の顔は、いつもと同じ顔。

だとすると変わったのは……直央ではなく、周囲の方。

そして直央の頭に浮かんだのは、「別世界」という言葉だった。

現実逃避に直央が読んでいた「異世界もの」の小説。

昨夜もそれを読みながら寝落ちしたのだ。

そして「別世界に行きたい」と強く願ったことも覚えている。

目が覚めたら、美醜の感覚が違う別世界にいればいいのに。

または……朝起きたら、自分の顔が全く別の目立たない顔になっていたら。

透明人間になっていてもいい……と。

願った結果、それが本当になってしまったのだとしたら?

まさかそんなばかな、とも思うが……今現在のこのおかしな状況は、そうとでも考えなければ納得できない。

そして、少なくとも自分は顔が変わったわけでも透明人間になったわけでもない。

だとしたら……何が違う世界なのだろう？

他人の顔を全然気にしない世界？

高見原という客が顔をさらして堂々と歩いていたのも、誰も顔を気にしないから？

まさかサングラスなどで顔を隠すことが禁止されているということでもないと思うのだが……

だとすると残るのは「美醜の感覚が違う世界」という可能性だ。

だが、正反対の感覚で直央が「醜い」と思われている……というのとも、少し違うような気がする。

わからない。

とにかくもう少し観察して、確かめるしかない、と直央は思った。

仕事が終わると直央は思い切ってマスクなしで、前髪もちゃんと整えて、電車に乗った。

ただし、マスクはすぐにさっとかけられるように、ポケットの中にスタンバイだ。

こんなことはしたことがないので、心臓がばくばくする。

緊張で足も震える。

もし自分の考えが間違っていたら、他人の視線が突き刺さり、痴漢やストーカーの可能性も高まる。

しかし――何ごとも、なかった。

周囲の人々は、まるで直央が見えないかのように、存在を無視している。

ホームでぶつかってきて、はじめて直央の存在に気付いたかのように、顔も見ないで「あ、どうも」などと上の空で言ってくる相手もいて、透明人間説の方を取りたくなってくるほどだ。

乗客の中にはサングラスをかけている人もいて、別にいきなりサングラス禁止令が出たわけではないらしい、ということもわかる。

電車を降りてスーパーに寄っても、不自然に近寄ってくる相手もいないし、レジで順番を飛ばされそうになった以外、不愉快なことはひとつもなかった。

直央は次第に、自由に呼吸ができるような気がしてきた。

ここは本当に、昨日までいたのとは違う世界なのだ。

どう違うのかはまだはっきりわかないけれど、でも違うのだ。

別世界に行きたいという願いが叶ったのだ――！

直央は飛び跳ねて踊り出したいような気持ちになりながら、家に帰った。

習慣で、マンションの建物に入る際につい周囲を確認するが、誰かがつけてきた気配もない。

そして鍵を開けて部屋に入り、鍵を閉めようとして……

直央がわざわざ後付けした、三つの金属製ロックがないことに気付いた。

そう、今朝家を出たときの違和感。

何か足りないような気がしつつ、寝坊して、帽子もサングラスも見つからず、大慌てで飛び出したのでその「何か」を確かめなかったのだが……

後付けのロックがなかったのだ。

直央は部屋中の点検をはじめた。

カーテンの柄も、ロフト下の狭いスペースに押し込んである小さなテーブルと椅子も、横にして二つ重ねたカラーボックスも、すべて見覚えがある。

だがそのカラーボックスに、サングラスを入れるためのトレーがない。

その代わりに、見覚えのない、小さな鏡つきの時計がある。

慌てて、入ってすぐの洗面所を兼ねたミニキッチンを見ると、小さな鏡が紐《ひも》で吊《つ》り下げられている。

狭いクローゼットの中に入っている地味な服はそのままだが、帽子をいくつか入れていたはずのプラスチックの籠が、ない。

ロフトによじ登ってみると、起きたままの布団の枕元に昨夜読んでいた本のかわりに小さな手鏡が転がっている。

そうか……ここは、「鏡が嫌いではない直央」の部屋なのだ。

そう思った瞬間、直央ははっとした。

つまりここには……「違う直央」が住んでいたのだ。

その直央は、どうしたのだろう。

まさか――入れ替わったのでは。

直央は、背中をざっと冷や汗が伝うのを感じた。

自分が違う世界に来ただけなら構わない……むしろ、ありがたい。

だが入れ替わってしまった直央にとってはどうだろう？

いきなり、痴漢やストーカーに悩まされる世界に、なんの予備知識もなしに放り出されたとしたら、どうなる⁉

ど、どうしよう。

だとしたら、自分のせいで、「もう一人の自分」に迷惑をかけてしまったことになる。

だが……どうしたらそれがわかるだろう？

なんとか、もう一人の自分に連絡を取る方法はないだろうか。

直央は必死に、これまで読んだ「異世界転生」系の小説の中身を思い出そうとした。

だが直央が読んだものの中には、「入れ替わり」系はなかったような気がする。

何か……何か……方法は……？

直央は焦りながら、とりあえずロフトから降りた。

あと点検していないのは、シャワーブースだ。

扉を開けてシャワーブースに入ると、半畳ほどの狭いユニットの中に、シャワーと鏡がある。

その鏡もなるべく見たくなくてビニールのシャワーカーテンで塞いでいるのだが……そのシャワーカーテンが、ない。

もちろんそれが「普通」なのだ。

こちらの直央は自分の姿を鏡で見ることに抵抗がない。

入れ替わってしまったのだとしたら、カーテンを見てどう感じるだろうか、と思いながら直央は鏡を覗《のぞ》き込んだ。

そこに映るのは、やはりうんざりするほどに整った自分の顔。

だが……ふいに、鏡の向こうで何か光の加減が変わったような気がした。

はっとして鏡を見つめていると――

鏡に映る自分の姿がぐらりと揺れたような気がして、次の瞬間、鏡に映る自分の手が、何かを持っていることに気付いた。

シャワーカーテン！

「あ！　いた！」

直央は思わず大声を出し、両掌《りょうてのひら》を鏡につけた。

いた。鏡の向こうに、もう一人の自分がいて、その手はシャワーカーテンの端を握ったまだ。

間違いない。

鏡の向こうの自分が、驚いたように、怯《おび》えたように背後の壁まで後ずさりしたので、直央は慌てて言った。

「ねえ、俺だよね⁉　そっちにいる、こっちの俺だよね⁉」

焦ったあまりに、わけのわからないことを口走ったような気がする。

向こうの直央がシャワーブースの壁にぴったり背中をつけて呟いた。

「ど……どうなって……」

顔も声も、話し方も同じ、本当に「もう一人の自分」なのだ。

「あの！　信じられないかもしれないけど、たぶん俺たち入れ替わったんだ！」

とにかく状況を説明しなくては、と直央は急いで言った。

「ど……どういう……こと……？」

もちろん、あっちの直央にはわけがわからないだろう。

「よく似た違う世界なんだよ！　たぶん俺が悪いんだ。いやなことが重なって、昨夜、全く違う世界に行きたいってほんとに、本気で強く願ったんだよ……朝起きても別に変化がないと思ったんだけど、よく見たらいろいろ違って……」

直央は必死に、何か本気にしてもらえるような「証拠」がないかと考え、言った。

「そっち、他に鏡ないよね？」

そう言った瞬間、あっちの直央がはっとしたのがわかった。

「鏡……ない……ここのは、カーテンかかってたし……」

直央は勢い込んで言った。

「だって俺、鏡大っ嫌いだから。でもそっちの俺はそうじゃないんだよね？」

そこが、自分とあっち（こっち？）の直央の一番大きい違いのはずだ。

向こうの直央は戸惑ったように頷いた。

「別に、映るのはたいした顔じゃないし、身支度するのに必要だし……」

「たいした顔じゃない！」

直央は思わず、大声でその言葉を繰り返していた。

「たいした顔じゃないんだよね!?」

そういうことか……！

誰も顔を気にしないのか、美醜の感覚が違うのかと考えていたが、感覚が違う方だ。それも、美醜の感覚が正反対なのではなくて。

「鏡はあるし、帽子やサングラスはないし、こっちの俺はなんて無防備なんだろうと思ったんだけど……たいした顔じゃないんだね⁉」

信じられないことだが、自分が今日経験したのは、「たいしたことがない」顔の人間としての一日だったのだ……！

だが、「たいした顔じゃない」を連呼された向こうの直央は、ちょっと複雑そうな表情になった。

それはそうだ、自分を「厄介ごとの多い美貌」だとは思っていない向こうの直央にとっては、なんだか失礼な言葉に聞こえるだろう。

それに向こうの直央は、まだよくわからない、という感じだ。

なんとか、何が起きたのかちゃんとわかってもらわないと。

「俺、ただ違う世界に行きたいって思っただけなんだ。入れ替わって、そっちにいった俺に迷惑をかけるつもりはなかったんだ。まさか本当にこんなことが起きるなんて思わなかったし……」

「ええと、じゃあ」

向こうの直央は、まだ混乱した、途方に暮れた感じで言った。

「俺たち……よく似た違う世界にいて……それで、入れ替わった……ってこと……？」

わかってくれた！

こっちの部屋には異世界転生ものの小説などが見当たらなかったのでちょっと不安だったが、なんとかわかってくれた。

いや……今日一日、昨日までとは違う世界で過ごしたのだ、向こうの直央自身がそれを実感しているはずだ。

そう思うと、直央は申し訳なくなった。

「そうなんだ……ごめん」

悪いのは自分だ。

どれだけ責められても仕方ない。

だが向こうの直央は怒ったりせず、ただ少し不安そうに尋ねた。

「どうやったら戻る？」

それは……直央自身にも……

「わからない」

仕方なく直央は首を横に振った。

どうしてこうなったのかも、直央にだって本当にわかっているわけではないのだ。

ましてや、戻る方法なんて。

「昨夜、違う世界に行きたいって思っただけだから」

そう言ってから、はたと思いつく。

「もしかしてそっちの俺も、昨夜、何かいやなことがあった？」

二人とも同時に「違う世界に行きたい」と願った結果だとしたら……？

「ええと……いきなり雨に降られてひどい目には遭ったけど」

向こうの直央はそう言って少し首を傾げる。

その程度なら、別世界に行きたいと思うほどではないのだろうが……

「でも、ちょっといやな気分のまま寝たのは確かかな」

「それでなんとなく気分がシンクロして入れ替わっちゃったのかな」

直央は考えながら言った。

ものすごくいやな気分で寝た自分と、ちょっとばかりいやな気分で寝た直央。

自分の気持ちが強すぎて、わずかに共通する気分があった直央を捕まえて入れ替わってしまった、という感じだろうか。

いずれにせよこれは、自分のせいだ。

自分が願ったから、自分が作り出した混乱。

「だとしたら……俺がそっちに戻りたいと思わなければ戻れないのかな……でも、そんな気分にはなれない気がする……」

直央は低く言った。

そうだ……あんなにいやだった世界、そこに……心の底から本当に「戻りたい」と思うことは無理だ、という気がする。

だがこのままでは入れ替わった直央に申し訳ない。

どうにかしなくてはいけないのは、自分の責任だ。

すると……向こうの直央が鏡に近寄ったのがわかった。

「ねえ」

向こうの直央は躊躇《ためら》いながら尋ねる。

「そっちとこっち、何がどう違うの？　何がそんなにいやだった？」

「顔！」

直央は反射的に叫んでいた。

「朝起きたらまず、部屋に鏡があって、帽子やサングラスがないのにびっくりして、それでもバイトに行かなくちゃと思っておそるおそる素顔のまま外に出たのに、誰も俺に注目しないんでびっくりしたんだ！」

最初は戸惑ったものの、それがどれだけ安心できて、ほっとできることだったか。

「つまりこっちでは俺の顔は、たいした顔じゃないんだね！　それでもう、ここは別世界だって気付いたんだ」

顔が違う……自分の顔を、他人がどう見るか、が違う。

それをちゃんと説明しないといけないと思ってそう言ったのだが……向こうの直央は、なんとなく複雑そうな顔になった。

「うー、ええと、だったらこっちでは俺の顔はどんななの？」

向こうの直央はまだ、あちらで一日過ごして、それに気付いていないのだろうか。

直央自身は口にしたくもない言葉を、言わなくてはいけないのだろうか。

「……絶世の美形……」

いやいやその言葉を口にすると、向こうの直央は目を丸くした。

「は!?」

「絶世の美形なんだよ、自分でこういうこと言うの本当にいやなんだけど」

直央はしぶしぶ言った。

だが向こうの直央は釈然としない顔をしている。

直央は仕方なく続けた。

「顔どころか体型とか、肌の感じとか、とにかく美形って言われて、目立って、おまけに変なフェロモンも出てるみたいで、しょっちゅう変な男に目をつけられて……」

一番いやで、一番迷惑なのはそこだ。

ただ単に「目立つ美貌」だけなら我慢できる。

変な男につけられたり、危ない目にあったり、そういう空気感を出しているらしい状態が、本当にいやなのだ。

そこまで言って、直央ははっとした。

「ねえ、今日一日無事だった？」

この顔というかその顔で、無防備にふらふらしていたら危険極まりない。

あんのじょう向こうの直央は、躊躇いながら言った。

「無事……じゃなかったと思う」

「え」

直央は全身の血の気が引くように感じた。

無事じゃなかったということは、まさか、もしかして。

「もしかして誰かに襲われて——まさか、やられちゃったりした⁉」

直央が常に感じてきた恐怖。

これまで直央自身はなんとかやり過ごしてきたが……

「や……」

向こうの直央は絶句した。

まさか、と直央がごくりと唾《つば》を飲むと、その直央の顔を見て、向こうの直央は慌てて首を振る。

「そんな深刻な問題は……ただ、痴漢に遭ったり、部屋に案内したお客に襲われそうになったり……」

直央はほっとした。

それくらいでよかった……やられちゃってはいなかった。

そして今さらながら気付いたことがある。

「ああ、俺たちどうやら同じ仕事をしてるみたいだもんね」

別世界の自分と入れ替わりはしたが、家もバイト先も同じ場所で、基本的な生活は同じなのだ。

「でも無事だったならよかった……！　俺もなんとかこれまで、貞操は守り抜いてるから」

思わずそう言いながら、物心ついて以来のさまざまな災難が脳裏に蘇《よみがえ》ってくる。

本当にヤバイときもあった。

高校で、上級生に空き教室に引っ張り込まれて、ズボンを下ろされたこともある。

見知らぬ中年男に、駅のトイレの個室に引っ張り込まれたこともある。

ホテルの客に、露出した相手の性器を握らされそうになったこともある。

それもこれも「無事」の範疇《はんちゅう》ではあるが……

「でもそんなことばっかりだから、もう俺、鏡で自分の顔を見るのもいやになっちゃってるんだ」

思わずため息をついてそう言ってから、直央は、自分の愚痴《ぐち》を言っている場合ではないと気付いた。

この状況に混乱し、迷惑な思いをしているのはあっちの直央だ。

それにしても、何の予備知識もなしに今日一日を乗り切り、客に襲われても未遂で済んだのはすごい。

どうやって躱《かわ》したのだろう。

「それで、お客に襲われかけて、どうした？　タマでも蹴飛ばして逃げた？」

上手に躱すスキルがなければそれくらいしかないだろうが、それだと客からのクレームに繫《つな》がらなかっただろうか、と思いながら尋ねると、

「う、ううん、まさか」

向こうの直央は驚いたように首を振る。

「スイートの、高見原さまが様子が変だって気付いてくれて、飯田さんと一緒に駆けつけてくれたんだ」

「ああ、あの人！」

直央は思わず声を上げた。

宿泊部主任の飯田はわかるとして、客の高見原が……偶然居合わせたのかもしれないが、従業員の救出に手を貸してくれたのか。

「あの人、すごいよね！　あんな容姿に生まれついて、きっと苦労も多いと思うのに、背筋を伸ばして仕事をしてる感じで」

反射的に直央が言うと、向こうの直央が怪訝《けげん》な顔をした。

「あんな容姿……？」

混乱した口調で続ける。

「あの、俺が……俺たちが絶世の美形なら、高見原さまはどういう評価なの……？」

「え……」

直央も混乱して口ごもる。

どういう……どういうって……

「だからその……美形の反対……？　こういう言い方したくないけど……あんまり見ないくらいの……」

口に出しにくい言葉だが、向こうの直央にわかってもらうために仕方なく続ける。

「不細工……？　仕事でも素顔を出したことがない、覆面カリスマ経営者って有名だし。いつもマスクとかサングラスで顔を隠しているから俺もちゃんと見たことはないけど、スイート担当がちらっと見たら……その……隠す気持ちもわかるって……」

直央も、今日はじめて顔をはっきり見て、本当に驚いたのだ。

「あの人が？」

向こうの直央は驚いた表情だ。

「俺の方……ええと、そっち、だと……あの人は超絶イケメンでスタイルもよくて、カリスマ経営者なのは確かだけど、顔を隠す必要なんてない、まさに完璧な人だよ！」

「ああ、だからか！」

直央はようやく納得がいった。

「あの人が、サングラスもなしに堂々と歩いていたからびっくりしたんだ！　他のベルボーイたちも何も言わないし。サングラス禁止の世界なのかと思ったけど、してる人もいるから、意味わからなかったんだ！」

美醜の感覚が違う別世界なのかもしれないとは思ったが……あの高見原が「醜い」のではなく、「普通の顔」なのでもなく……

「そうかあ、あの人は超絶イケメンなのか……！」

元の世界の、相当に「不細工」な人が、超絶イケメン。

なんだか不思議な感じだ……と思ったとき、向こうの直央が言った。

「もうちょっと確認させて。俺の……俺たちの顔って、どういうふうに美形なの？」

どういうふうに、という問いに、直央はうっと詰まった。

それは元の世界で、他人から自分の顔がどう見られていたか、ということだ。

ただ「美形」というだけではなく、どういうふうに「美形」なのか……向こうの直央にしてみたら、同じ顔の人間が客観的にどう見えていたのか、気になるのは当然だろうが……

「俺にそれを言わせるの？」

情けない気持ちでそう言うと、向こうの直央は真面目に頷く。

「うん、だって、こんなに特徴のない顔がどうしてって思うよ」

特徴がないどころではない。

だが向こうの直央にはそれが理解できないのだ。

なら、それを説明するのは自分の義務だ。

仕方ない。

直央は覚悟を決め、しぶしぶ言葉を押し出した。

「ええとだから……大きすぎず小さすぎない完璧な目、とか……」

過去に他人に言われた言葉を思い出しながらはじめる。

「上がりすぎず下がりすぎない完璧な眉とか……高すぎず低すぎない完璧な鼻とか……大きすぎず小さすぎない厚すぎず薄すぎない、完璧な唇とか……」

言っているうちに泣きたくなってくる。

直央にだってそれが「美しい」ことはわかる、理解している。

だがそれが「自分の」美しさで、それがどれだけの面倒を引き連れてくるのかを思うと、うんざりするような「美しさ」なのだ。

「もう、なんで俺、こんなこと自分で言わなくちゃいけないんだ」

もう無理、と思いながらそう言うと……

「ごめん、わかった、っていうか、わかった気がする」

向こうの直央が慌てて言った。

「何もかもが、中間なのがいいってこと？　こっちの……じゃない、そっちの世界では特徴がないと思われる平均値の極みみたいなモブ顔が……ええと、こっちでは理想的な感じ？」

モブ顔。

特徴のない平均値の極み。

直央は驚いて、鏡の向こうの自分の――もう一人の直央の――顔を見つめた。

向こうの直央もそっくり同じ表情で自分を見つめ返している。

同じ顔なのに、あっちでは超絶美形、そしてこっちでは……モブ顔！

不細工ですらない、モブ顔……！

たいしたことがない、というのはそういう意味か！

とうとう、今日一日の、すべてのことが腑《ふ》に落ちる。

誰も、直央の顔を気に留めることがなかった。

守衛の老人は、直央の顔と名前が一致していないようだった。

客の有村も、直央の顔など覚えていないようだった。

同僚の佐竹も「印象が薄い」と言った。

そのすべてが、直央が「モブ顔」だからだったのだ……！

「わかった」

そう言ったのは、向こうの直央だった。

「とにかく……こうなっちゃったからにはこうなっちゃったなりに、なんとか頑張らないと。明日の朝起きて戻ってたらそれでいいけど、そうじゃないかもしれないから」

戻っていたらいいけど……向こうの直央の言葉が、直央の胸をぐさりと刺す。

そうだ、向こうの直央にしてみたら、戻りたいに決まっている。

問題は、自分がそうではないことだ。

そしてこれが自分が「強く願った」結果で、心から「戻りたい」と思わなければ戻らないのだとしたら、向こうの直央には大変な迷惑をかけることになる。

戻ったら戻ったでそれが自分の本当の人生なのだから仕方ないとして、戻らなかったときの対策をちゃんとするべきだ。

「じゃあ、とにかくそっちの方が大変だと思うから、注意事項を言うよ」

直央はそう言って、生活のいろいろな注意点を説明した。

特に、不審者対策。

平凡な顔の人間として生きてきた向こうの直央が、無防備な行動で危ない目に遭わないように、とにかくそれを願いながら、あれこれ説明する。

とはいえ、向こうの直央は今日の「事件」でスイート担当に配置換えになるらしいから、不特定多数の客と接するよりも危険は少ないだろう。

向こうの直央は真剣な顔でそれを聞き、そして向こうからも注意してくれる。

存在感がなさすぎて気付いてもらえないことがあるから、と。

直央にとっては嬉しすぎるくらいの言葉だ。

基本的な個人情報も確認する。

家族構成、それぞれに再婚している両親との関係の薄さなど、驚くほど同じだ。

「じゃああとは……明日の夜また、ここで話そう」

夜もかなり更けたと思う頃合いに、向こうの直央がそう言った。

「明日もこの状態だったらね」

直央は頷いた。

戻りたくはない。だが、戻らなくてはいけないだろう。

自分の「願い」ではなく自分の「義務」として……入れ替わった直央に迷惑をかけないためにも、戻らなくてはいけない。

直央はシャワーブースから出ながら、そう考えて唇を噛みしめ——

ロフトに上がって布団に入った。

なんという一日だったことだろう。

入れ替わった向こうの直央と交わした会話を何度も何度も反芻《はんすう》する。

向こうの直央は、驚き戸惑いつつも、「入れ替わった」という事実を正面から受け止めてくれた。

そして、直央を責めることもしなかった。

責められても仕方がないのに。

向こうの直央は自分よりも、ずっと真っ直ぐで包容力がある、という感じがする。

同じ人間のようでいて、全く同じではないのだろう。

もしかして自分も、平凡で目立たない、存在感の薄い人間として育っていたら、あんなふうになっていたのだろうか。

……いやいやいや。

環境のせいにしちゃいけない。

存在感が薄い人生にだって、いろいろ辛《つら》いことはあるはずだ。

向こうの直央は、それでもひがんだり歪《ゆが》んだりしなかっただけのことだろう。

そんな人間が、向こうで「厄介な美貌」で生きていくのは大変なはずだ。

やっぱり、戻らないと。

直央は決意して、ぎゅっと目を閉じた。

明日の朝は、元に戻っていますように。

戻らなくてはいけないから。

入れ替わった直央にこれ以上迷惑をかけてはいけないから。

そう考えても、その奥に「戻りたくない、こちらにいたい」という感情があって表に出てこようとしているのがわかるが、必死になってそれを抑えつけようとする。

戻らなくちゃ。

戻らなくちゃ。

戻っていますように。

いやだけど……

こちらにいたいけど……

でも戻らなくちゃ。

頭の中で呪文のように繰り返しているうちに、それでも眠りはなんとかやってきて——


目が覚めた。

カーテン越しに差し込んでいるのは朝の光だ。

直央はがばっと身を起こし、周りを見た。

枕元には、小さな手鏡がある。

「……このままかあ」

直央は思わず呟いた。

失望と安堵《あんど》と、どちらが大きいのか自分でもよくわからない。

それでも一応、ロフトから降りて部屋の中を点検したが、やはり昨日と同じ、鏡があって変装道具がない「別世界」だ。

一応室内のすべての鏡に向かって手を振ったり話しかけてみたりしたが、映っているのは「自分」でしかないことはわかる。

シャワーブースの鏡には、シャワーカーテンの裏側が映っていた。

なんとなくそんな気がしていたが、向こうの直央とコンタクトできるのはやはりここだけだ……両方の部屋に存在する、同じ鏡を同時に覗いたとき。

ではとにかく、出勤しなくては。

いつ元に戻っても大丈夫なように、お互いの生活はちゃんと維持しておかなくてはいけない。

向こうの直央が今日も一日無事でありますように、と願いながら直央は朝食を食べ、身支度をし、心細いほどに単純な鍵をかけ、顔を出したまま外に出た。

今日はいい天気、空気が爽やかだ。

それでも直央は、まだどこか半信半疑でびくびくしながら大通りに出たのだが、帽子もサングラスもマスクもしていないのに、誰も直央を気にしなかった。

みんな自分のことだけを考えているように、駅に向かって流れを作り、直央を追い越したり直央に追い越されたりしている。

満員電車に乗っても、誰も直央を見ない。

いっそ不自然なくらい、周囲の視線は、まるで直央が存在しないかのように直央の顔を素通りしていく。

次第に直央の緊張は解けてきた。

これは「透明人間になった」感じだ。モブ顔というのはそういうものなのか。

バイト先のホテルに着くと、従業員用出入り口で直央の前に入っていったフラワーショップの店員に「おはよう、真壁《まかべ》さんね」と守衛の老人が言って、入館証を渡していた。

続いて直央が立つと、守衛は戸惑った顔になる。

「ええと……」

何年も前からいる、直央が——正確にはこっちの世界の直央が——学生時代にバイトをはじめたときからいる守衛のはずだが、「見覚えはあるような気はするが誰だっけ」という表情だ。

「友部です、おはようございます」

直央が急いで言うと、守衛は「ああ」という顔で頷いた。

「そうそう、友部さん、友部さんね」

繰り返しながら、入館記録にサインをしている直央の前に入館証を差し出してくれる。

直央はなんだか嬉しくなりながら、入館証を手にして中に入った。

ロッカールームに入るときはいつも、中で同僚たちが自分の噂《うわさ》話をしているのではと思いタイミングを見計らうのだが、今日は直央が近付いた瞬間、中からドアが開いた。

「それでさあ、スイートフロアの階段のとこに――」

一人が言いかけながら左右に視線を動かし、ドアの脇に寄っていた直央を見てびくっとして言葉を止めた。

「あ、びっくりした！　そんなところに幽霊みたいに立ってるなよ！」

扉を開けた瞬間には直央に気付かなかった、ということだろうか。

「ご、ごめん……」

直央が慌ててそう言ったときには、相手はもう見向きもしないで、会話の相手とともに廊下を早足で歩いて行く。

直央はなんだかおかしくなって、口元を綻ばせながらロッカールームに入った。

中には顔見知り程度の、厨房《ちゅうぼう》のアルバイトが二人いたが、直央を見ても「誰だっけ」という感じでぺこりと頭を下げただけだ。

普段なら、意味ありげに顔を見合わせ、それから着替える直央をちらちら盗み見たりするのに、そんなことはまるでない。

すごく、気が楽だ。

直央はそう感じながらのびのびと着替え、扉の横の、服装チェックのための鏡の正面に立った。

一応、鏡の向こうの自分に向かって、ちょっと手を振ってみる。

同じ時間に同じ鏡に向かえば、向こうの直央がいるのではないかとも思ったのだが、そうではないようだ。

ベルボーイの制服を着た自分の姿は、見慣れたもの。

そして、自分自身でもうんざりしながら認めざるを得ないほど、似合っている。

ホテルマンの制服というのは誰が着ても三割増しに見えると言われるが、直央の場合それがいきすぎて本物のベルボーイではなく、ベルボーイの服装をしたモデルか何かと思われそうなほど。

だがこの姿が……こちらの世界では、おそろしく平凡で、目立たないのだ。

本当に不思議だ。

ロビーに出て仕事をはじめても、空気は同じだった。

客と目が合ったように感じても、その視線は直央の顔をするりと上滑りする。

しつこく個人情報を尋いたり、断っても無理矢理手の中にチップを捻《ね》じ込んでくるような客は一人もいない。

それどころか、直央が館内や設備の説明をする声すら聞こえていないように上の空だったりもする。

最後に「それでは失礼いたします」と言うと、「まだいたの」という反応をされたりもする。たった今荷物を預かった老婦人の視線が目の前にいる直央を素通りし、「どなたに預けたんだったかしら」と呟いたときには、思わず笑いそうになった。

本当の本当に、直央の顔は……顔というか存在自体が、印象が薄いのだ。

半信半疑ながらその状態にも慣れて、リラックスして仕事をし、休憩時間にバックヤードのトイレに入ると、洗面台の前に先客がいた。

宿泊部主任の飯田だ。

直央のベルボーイの制服とは違う、胸に金のネームプレートがついた黒いスーツタイプの制服姿だ。

鏡の前に立てば常に身だしなみチェックを忘れないのがホテルマンだが、チェックする必要がないくらいに、彼はいつも「理想のホテルマン」らしくぴしっと決めている。

顔立ちに関係なく、彼の持つ佇《たたず》まいが、誇りある、プロ意識の高いホテルマンらしく見せているのだろう。

そういえば、彼の顔はあっちの世界では「ちょっと残念」な雰囲気で、今も直央の目には、もう少しすべてのパーツの鋭角的な特徴が薄ければもう少しいい感じになるかもしれないのに、と映るのだが……こちらの世界では飯田の顔はどういう印象なのだろう。

と……

「やあ」

鏡越しに目が合った飯田が振り向いて直接直央を見た。

「今日はちゃんと朝食を食べたか?」

直央ははっとした。

そうだ、昨日、ふらついた直央にゼリー飲料をくれたのだった。

「昨日はありがとうございました、今日はちゃんと食べてきました」

慌てて直央はそう言って頭を下げた。

「うん、そのようだ」

飯田は、その少しばかりシャープすぎる印象の、二重の目を細める。

「あれは、同じものをお返しした方がいいでしょうか」

ゼリー飲料は飯田の「私物」と言っていたが、貰いっぱなしでいいのだろうかと思いながら尋ねると、飯田は首を振った。

「必要ないよ。友部は律儀だな」

そういえば飯田は昨日も、直央の顔と名前をすぐに一致させていた。

昨日は自分がホテル内のある意味「有名人」だからだと思っていたが、この飯田にとって直央は、印象の薄い、直接の接点があまりないアルバイトのはずだ。

「飯田さんは……俺の顔と名前、わかるんですね」

直央が思わずそう言うと、飯田はふっと笑った。

「人の名前と顔を覚えるのは特技でね。今日入ったカフェラウンジのアルバイトだって覚えたよ」

さらりとそう言うともう一度鏡に視線を戻し、ネクタイの結び目をきゅっと押え、「それじゃお先に」とトイレを出て行く。

そうか、飯田はそれを「特技」と言うのか、と直央は思った。

つまりそういう特技を持っている飯田だからこそ、直央の顔と名前が一致するのだろう。

それくらい、普通は直央を「覚える」のは難しいという意味にも取れる。

直央は嬉しくなり、鏡に映る自分に向かって思わず笑いかけた。

「だって。俺の目には同じに映るのに、不思議だね」

鏡の向こうでも、同じ顔が笑っている。

自分のこの、ずっと「厄介」としか思っていない顔が笑っているのを鏡で見るのは、そういえばはじめてかもしれない、と直央は気付いた。

早番だったので、その日の仕事は夕方には終わった。

直央はそのまま、繁華街へと向かった。

試してみたかったのだ——人混みの中での自分の「目立たなさ」を。

これまで直央は繁華街や人混みを徹底的に避けてきた。

たとえ帽子やサングラスなどで顔を隠しても、それでもにじみ出る「何か」が直央にはあって、もしかするとそれは、たとえば芸能人の「オーラ」のようなものかもしれず、そして直央の場合にはそれが「男を引き寄せるおかしなフェロモン」でもあり、厄介ごとを引き起こしてきたのだ。

物心着いた頃には、人混みに出かけると直央が誘拐されかけるということが何度も起きて、警察にも「こういうお子さんは気をつけないと」と言われ、両親は直央を連れて人混みに行くことを避けるようになっていた。

だから直央は、花見にもお祭りにも花火大会にもイルミネーション見物にも出かけたことがない。

だが……存在感のない、平凡な、目立たない自分なら、そういうところにも行ける。

直央はそう思ったのだ。

まずは、混んでいる都心の電車に乗る。

普段、直央は電車の中での「位置取り」に気を遣っている。

よく、ドア横の隅は痴漢から逃げられないから推奨しないなどと言われるのだが、どこに乗っていたって痴漢に遭う直央にとっては、少なくともドアと座席の二方向だけには人がいないから気をつける方向が半分になるという意味でありがたい。

だが今日は、いつもの癖でそのドア横に陣取ったものの、あっという間に後から乗り込んで来た人々に押し流された。

摑《つか》まるところがない真ん中で、スーツ姿の男たちや、カジュアルな服装の学生たちに取り巻かれて緊張するが……すぐに、誰も直央など気に留めていないことがわかる。

あっちに押され、こっちに揺られながらも、誰も「直央」という個人を気にかけることなく、互いにあまり周囲に体重をかけすぎないよう、しかし踏ん張りすぎないよう気をつけながら、無言で、もしくは連れと小声で会話をしながら耐えている。

直央も、その中の名もなき一員になっている。

それがなんだか、嬉しい。

数駅乗って、直央は目的地で降りた。

大きなターミナル駅で、直結したデパートがいくつもあり、線路に沿ってそのデパートを繋ぐように遊歩道が設けられ、クリスマスシーズンだけでなく年中イルミネーションがあるところだ。

季節ごとに意匠が変わり、そのたびに話題になっていて、直央にとっては一度見てみたいと思っていた場所だった。

駅を出た人があちこちに向かって流れを作っている中、直央は遊歩道に向かった。

日は暮れて、人々のシルエット越しに、少し離れたところからでも純白の光が連なっているのが遠い雪山のように見える。

直央がゆっくりと遊歩道を歩いて行くと、反対側からぴったりと身を寄せ合ったカップルが歩いてきた。

互いに視線を交わして何か喋《しゃべ》りながら、真っ直ぐこちらに向かってくる。

それでも数歩手前まで近付いたら、なんとなく互いに避けて正面衝突を避けられるだろうと思ったのに……女の子の方がすれ違いざま大きく手を振り回し、その手が直央の顔にもろに当たった。

「うわっ」

直央が思わず声を上げると、二人は驚いたように直央を見て――

男が軽く舌打ちをし、女の子を庇《かば》うように肩を抱き寄せ、二人で一瞬じろりと直央を睨《にら》んでから、無言で歩み去っていく。

まるで、直央が突然そこに出現したのが悪い、とでも言いたげに。

直央にはそれが新鮮だ。

彼らの後ろ姿を見送っていると、流れの中で立ち止まった直央に誰かがぶつかり「邪魔」と吐き捨てられる。

皆、直央に物理的にぶつかるまで、直央の存在に気付いていないかのようだ。

直央は、大きく息を吸い込んだ。

すごい。

本当にすごい。

顔を上げて、誰の視線を気にすることもなく、人混みにいられる。

遊歩道の左右の木々に飾られたイルミネーションが、なんてきれいなんだろう。

少し歩くと、二本の遊歩道が交わる橋の上の交差点状になっている場所に小さなステージが作られ、そこで何かトークショーのようなものが行われていた。

どこかの県のPRなのか、ステージの周囲に物販ブースが出ていて、その前で何か小さなグッズを道行く人に配っている。

直央もそれを受け取ろうと、配っている人の前まで行ったのだが……直央に向かって差し出されたと思ったそのグッズは、直央の背後にいた人がすっと手を伸ばして持っていった。

差し出した方も、最初からその人に渡そうと思っていたようで、視線は目の前に立っている直央を素通りして、左右の人々に「どうぞ」と次々に渡していく。

それが悪意のある「無視」ではなく、本当に直央に気付いていないのだとわかる。

グッズは何かキャラクターのぬいぐるみのようで、どうしてもそれが欲しいというわけではないのだが、どうすれば受け取れるのだろうと直央は興味を抱いた。

「あの」

直央は小さく声を出してみた。

だが、すぐ側で声を出しているのに、人混みの中で聞こえていないようで、相手は直央に視線を向けない。

「あの……！」

直央は少し大きな声を出してみた。

相手はようやく直央の方を見て、思いがけず近いところに直央がいるのに気付いてぎょっとした顔になった。

「え、あ、あれ」

戸惑っている相手に、直央は慌てて小声で言った。

「それ……貰ってもいいですか」

「あ、はい、どうぞ」

相手は慌てて籠からグッズを出して直央に手渡す。

小さな、やわらかいぬいぐるみを受け取って、直央はその場を離れた。

手の中を見ると、野菜のキャラクターだ。

あの県の特産品なのだろう。

なんだか嬉しい。

と、直央の足元に何かがぶつかった。

子どもだ。

よちよち歩きくらいの女の子が、直央の足元で転んでいる。

「あ……大丈夫？」

直央は慌ててしゃがみ、その子を抱き上げた。

女の子は心細そうな、泣きそうな顔をしている。

「お父さんかお母さんは、どこ？」

直央が周囲を見回すと……

「みいちゃん！」

一人の女性が大声で呼びながら、こちらに駆け寄ってきた。

女の子の目がぱっと輝いたので、母親だとわかり、直央もそちらに近寄ると……

母親は、さっと直央から女の子をひったくるように抱き取った。

礼を言うわけでもなく、直央をきっと睨み付け、足早に直央から離れながら「だめでしょ、みいちゃん！」と子どもを叱っている。

ああ、と直央にはわかった。

はぐれた子どもを探している母親には、見知らぬ男に娘が抱っこされている、その状態だけがわかって……危険だと思ったのだ。

もし元の世界で同じことが起きたら、母親は直央の顔を見てどぎまぎして顔を赤くし、戸惑いながら礼を言って離れたことだろう。

今の直央が不審者に見えたとかそういうことではなく、ただ単に特徴のない「若い男」という存在だったから、ああいう反応になったのだ。

今の女の子は直央の目から見るとかなり目が大きすぎ、睫が長すぎるように感じたが、こちらの世界の感覚だととてもかわいい子なのかもしれない。

幼い頃の直央がそうだったように、危ない人間に目をつけられることがこれまでもあったならば、今の反応は理解できる。

ひとつひとつの出来事が、すべて新鮮で……そして嬉しい。

変質者に間違われたことすら、変な言い方かもしれないが、嬉しい。

自分は特別な容姿の特別な存在ではなく、ごく普通の、どこにでもいそうな人間であることが、嬉しい。

直央は、人の流れの真ん中に突っ立ってみた。

四方八方から人がぶつかっていく。

誰も直央の顔に目を留めない。

ただ、川の流れの中にある石か何かのように、ちょっとした障害物くらいにしか思っていない。

それも、全く見えていなくて、ぶつかってみてはじめてわかる存在。

なんて自由なんだろう。

そう思ったとき――

「おい」

ふいに誰かが、直央の二の腕をぐいっと摑んだ。

その瞬間直央の全身は硬直した。

前にもこんなふうに――背後から――誰かに腕を摑まれた――ストーカーに……！

公園の暗がりに引きずり込まれて身体をまさぐられ、ズボンを下げられそうになったときの恐怖がさっと蘇る。

「……！」

恐怖で脚の力が抜け、息ができなくなる。

その場にへたり込みそうになったとき、声がした。

「何をしているんだ、こんなところで。危ない」

直央の腕を摑んで支えながらそう言った声に、聞き覚えがある。

「友部、大丈夫か？」

その「誰か」が、直央の名前を呼び、顔を覗き込んだ。

知っている顔。

直線的な、わずかに左右非対称な眉に、少しばかり高すぎる鼻、そして切れ長で印象がシャープすぎる二重の目。

飯田だ……アルバイト先のホテルの上司が、どうしてこんなところに？

直央が混乱していると、飯田は直央の身体を抱えるようにして人混みから抜け出し、遊歩道沿いのホテルのロビーに入る。

天井の高い、広い空間で、直央はしゃがみ込んだ。

「落ち着いて息をしろ。息を吐くんだ、そう、ゆっくり」

力強い飯田の声が、そう言ってくれる。

そう、落ち着け。

ここは「あっちの」世界じゃない。

自分は、人目を惹く、ストーカーにつけ回される絶世の美形なんかじゃない。

目立たない平凡な顔立ちの人間で……

そして側にいるのは、空腹の直央にゼリー飲料をくれた上司だ。

ようやく直央の呼吸は落ち着き、直央は傍らに一緒にしゃがみ込んでいる飯田を見た。

「あ……、すみません……もう」

大丈夫です、と言おうとしたのだが、まだなんだか舌がもつれる。

「ちょっとどこかで休んだ方がよさそうだな」

飯田は周囲を見回し、ホテルのロビーにあるカフェを見た。

「あそこに座れそうだ」

直央の身体を支えて立ち上がらせ、カフェの入り口に入る。

セルフサービスの、チェーン店舗のカフェには遊歩道のイルミネーションを見渡せるテラス席があり、ちょうどそこから立ち上がった二人連れがいて、飯田は直央をそこに連れて行き、座らせた。

「ここで少し落ち着きなさい。何か買ってくる。コーヒーでいいか?」

直央はまだ少しぼうっとしながら頷いた。

どうやら、パニックになって過呼吸を起こしたらしい。

過呼吸には過去二回ほどなっているし、今回のはそれほどひどくはなかったと思うが、久しぶりだったので驚いた。

おそらく……人混みの中で完全に自由な気持ちで解放感を味わっていたところで、突然ストーカーの恐怖が蘇ったので、脳がショートしかけたのだ、と自分なりに分析してみる。

考えているうちに、飯田がトレイを持って戻ってきた。

「まず、水。それと、ブレンドとカフェラテ、どっちがいい」

穏やかな調子で飯田は尋ね、四角いテーブルの、直央と隣り合う位置に腰を下ろす。

そうすると、二人で遊歩道の方を見る位置になり、向かい合うよりも気詰まりに感じないのを直央はありがたく思った。

飲み物も、直央がどちらを選んでもいいように買ってきてくれたのだ。

「すみません……じゃあ、カフェラテを」

直央が小声で言うと、飯田はすっとカフェラテのカップを直央の方に寄越す。

「……落ち着いたか？」

無言で数口飲んだところで飯田が静かに尋ね、直央は頷いた。

「はい。ありがとうございました」

「いや、たぶん私が驚かせたんだろう」

飯田は穏やかに言った。

「だが、その前のきみが、人の流れの中で、わざわざ邪魔になるような場所でずっと突っ立っていたから……変だと思ってね。どんどん人はぶつかってくるし」

つまり、そんなところをずっと見られていたのだ、と直央は恥ずかしくなった。

飯田からしたら、確かにおかしな行動に見えただろう。

それで心配して声をかけてくれたのに、直央が勝手にパニックを起こしたのだ。

「ちょっと……人混み、久しぶりだったので」

嘘《うそ》ではない、という言葉を直央は口から押し出した。

「そうか。あまりこういうところに遊びに来るタイプではないのかな」

飯田はそう言って、遊歩道の方に目をやる。

「私もここは、普段は人が多すぎるから通らないようにしているんだが、確かに大勢押し寄せるだけのことはあるな、きれいだ」

その横顔は、直央の感覚ではやはり少しばかり凹凸が大きすぎて残念な顔ではあるが、それでもその瞳にイルミネーションが映っているのはきれいだ、と直央は思った。

直央も同じように遊歩道に目をやる。

今の季節のイルミネーションは、グリーンとブルーが基調の、初夏の森林と空をイメージしたような色合いだ。

人々がわざわざ見に来るのは、わかる。

そしてそれを、こんなカフェのテラス席から見ている自分が不思議だ。

通りから目立つこんな場所に座ったことなど、これまでなかった。

だが今、直央に気付く人など誰もいない。

直央がどこか呆然と、しかし不思議な幸福感に浸って遊歩道を眺めていると……

「友部」

飯田が慎重な口ぶりで尋ねた。

「仕事で、何かいやなことでもあったのか？」

「え」

直央は驚いて飯田を見た。

飯田の存在を忘れて人々に見入ってしまっていたが……いやなこと？　どうして飯田はそう思ったのだろう？

「そんなことはないです、最高です！」

強い口調でそう答えると、飯田がくっと吹き出した。

「最高……なるほど、最高なのか、じゃあよかった」

これは確かにおかしな返事だった、と直央は恥ずかしくなった。

しかし、飯田はどうしてそんなふうに思ったのだろう？

こちらの直央はもしかして、その存在感のなさから仕事がやりにくいと感じていて、悩んだりしていたのだろうか？

「あの、（こっちの）俺、仕事で何かいやそうに見えますか……？」

しかし飯田はわずかに首を振った。

「いや、普段来ないという人混みで、あんなおかしな行動を取っていたから、何か悩みでもあって忘れたいのかと思ったのだが、そうではないのならいいんだ」

心配してくれているのだ、と直央にはわかった。

そんなふうに思わせてしまうくらい、さっきの直央の行動は変だったということだ。

飯田は昨日のゼリー飲料の件といい、直接接点のない直央のようなアルバイトのことにも、目配り気配りをしてくれる上司なのだ。

今だって、勤務時間でもないのにこうやって付き合ってくれている。

何か……本当のことは言えないにしても、納得してもらえる説明ができるといいんだけど、と直央は思った。

「いやなこと、じゃないんですけど」

ゆっくりと言葉を探す。

「なんだか……不思議で」

「……不思議？」

飯田が繰り返す。

「世界が……こんなだなんて、知らなかったって」

思わずそう言ってから、直央ははっとした。

これは変すぎるだろうか。

だが、別世界から来た人間だなどと知られたら……というか、そんなことを「信じている」と思われたら、それはそれで面倒なことになりそうだ。

飯田の声が……通りがよく、わずかに低すぎるような気はするが心地いい感じの穏やかな声が、直央の耳からするりと入って思いがけない言葉を促されてしまったのだ、という気がする。

その飯田は、じっと直央を見つめていた。

怪訝そうにとか、不思議そうに、というよりは……驚きに似た瞳で。

直央はなんとか繕わなくてはと慌てた。

「あ、ええとその、世界って言うと大げさですよね、その……こういうところに来ることがなかったから、新鮮っていうか……！」

直央があたふたして言い繕うと、飯田は考え込むような表情で、ゆっくりと言った。

「昨日までとは違う目で世界を見ている、という感じなのかな。それが辛くはなく楽しいと感じるのならいいことだ」

その声に、わずかに切ない雰囲気が混じっているようで、直央ははっとした。

まるで……まるで、直央が昨日までとは（正確にはおとといまでとは）違う世界にいることを、知っているかのようだ。

同時に、飯田も「昨日までと違う目で世界を見る」経験をしたことがあるかのようにも聞こえる。

何か環境が激変したり、知らなかったことを知って目を開かせられたり、そういう意味でならあるのかもしれない。

そして……「辛くはなく楽しいと感じるのなら」と言ったその声音が、なんとなく「自分は辛かった」と言っているような気がして、直央は思わず尋ねていた。

「飯田さんは、その……世界を見る目が変わって……辛いと感じたことがあるんですか？」

今度は、飯田の方があからさまな驚きの目で直央をまじまじと見た。

「どうしてそう思った？」

「え、あ、あの、ぶしつけですみません……なんとなく、その」

直央はまたしてもあたふたしてしまった。

飯田は苦笑して首を振った。

「いや、そういうつもりではなかったんだが」

違ったんだ、と直央は恥ずかしくなった。

なんというか、こうやって飯田と会話していると、つい自分でも思いがけないことを言ってしまうという感じがする。

気をつけないと、とんでもないことを口走りそうだ。

しかし飯田は気にした様子もなく、また遊歩道に目を向ける。

「私も、よそのホテルにあるカフェでこんなふうに、自分の『お客さま』ではない人々をただ眺めるというのはなかなか新鮮だな」

自分のお客さま、という言葉が直央には面白い。

本当にこの人は、根っからのホテルマンなのだろう。

「……たとえば、あの二人」

飯田は遊歩道の反対側に視線をやった。

「あの二人は初デートなのだろうか、という感じがするね」

飯田がどのカップルを見ているのか、直央にもすぐわかった。

「そうですね、なんとなく初々《ういうい》しい感じですよね」

ぎこちなく、それでいて幸福感に溢《あふ》れている感じがする。

「今、そっちに歩いて行った二人は、なんとなく心配です」

続けて直央はそう言っていた。

早足で前を歩く不機嫌そうな男を必死で追いかけている女の子は、なんとなくいつも彼氏の顔色を窺《うかが》っている関係なのかなと思う。

「そうだな」

飯田も頷き、そしてまた二人で、無言で人々に視線を向ける。

飯田がなんとなく人間観察モードに入っているので、直央も安心して再び人々を眺めた。

五人くらいの女性グループが代わる代わる写真を撮っているのを見ると、その中の一人がリーダーシップを握っていて、別な一人は周囲の人々の邪魔にならないように気を遣っていて、友人関係というよりは職場の仲間か何かで、上下関係もあるのだろうという気がする。

そして……誰もが、直央がいた世界よりも顔の印象が強い感じがする。

女性のメイクも関係あるのだろうか、皆が皆、自分の「特徴」を際立たせようと努力している雰囲気なのが、直央からしてみるとなんだか違和感がある。

頭ではわかっているつもりだ……わかろうとはしている。

元の世界では、直央の「平均値の極み」である顔が「絶世の美貌」とされているが、こちらではそれは「目立たない顔」で、こちらにはこちらの「理想の顔」があって、皆少しでもそれに近付こうと、背を高く見せたり、睫を長く見せたりしたいのだろう。

そんなふうに特徴を目立たせなくてもいいのに、という気がするが、自分がこちらの世界で生きるのなら自分の感覚の方を変えていかなくてはいけないのだろう、とも思う。

そのとき、一人の老人が立ち止まっているのに気付いた。

少しだぶついた上着を着た、痩《や》せた老人で、道の脇に寄ってただ立っているだけなのだが、鞄《かばん》を胸のあたりに抱き締めていて、その雰囲気がどこか不安そうで、目が何かを探しているように泳いでいる。

「あの人、何か困ってるんじゃないですか」

直央が思わず飯田に言うと、飯田は直央の視線の先を少し探して、人混みに埋もれるようにして立っているその老人に気付いたらしい。

「そうだな」

飯田もじっとその老人を見ていたが――ふいに立ち上がると、テラス席から直接遊歩道に降りられるようになっている階段からさっと出て行き、人混みを渡って老人に近付いた。

少し離れたところから慎重に声をかけ、老人がぎょっとしたように飯田の方を見ると、やわらかな表情で何か話しかけている。

老人が何か言い、飯田が首を振り、そしてさらに飯田が何か言う。

その表情から、直央は老人が単に誰かとはぐれたとか、道に迷ったとか、そういうことではなさそうだと思った。

老人は飯田から離れようとし、追いかけるように飯田がさらに話を続ける。

自分も行った方がいいだろうか、何かできることがあるだろうか、と思ったとき、老人がポケットから携帯を取り出した。

飯田が何か言い、老人が携帯を操作し、どこかに電話をかけている。

やがて――

老人が飯田に電話を替わり、飯田も少し話してまた老人に返し、老人がさらに話して、電話を切った。

老人が飯田に頭を下げている。

飯田は頷き、直央に向かって「ちょっとそこにいてくれ」と手で合図をしてから、老人の背中に手を当てて遊歩道を歩いて行く。

直央はなんとなく、飯田は詐欺《さぎ》を防いだのではないだろうか、という気がした。

家族などを騙《かた》った詐欺犯に呼び出され、胸のあたりに抱き締めていた鞄には現金か何かが入っていて、それを受け渡しする相手と待ち合わせていた、とか。

そういう話は最近よく見聞きする。

もちろんそれは、直央が元いた世界での話だが、どうも二つの世界は、顔の善《よ》し悪《あ》しの感覚以外はとてもよく似ているようだから、あり得ることだ。

飯田は本物の家族に電話をするよう説得して、納得してもらえたのではないだろうか。

そんなことを考えながら一人で待っていると、二度ほど直央が座るテーブルの側まで人が来て「あ、誰か座ってた」と驚いたように言って離れていった。

直央に気付かず、空いているテーブルだと思われたらしい。

そしてその場を離れた人は、そういえばどういう人が座っていたっけ、と思い出そうとしても直央の顔も思い出せないのだろう。

そう思うと面白い。

直央がゆっくりとカフェラテを飲み終わる頃、飯田が戻ってきた。

「待たせてしまったな」

「いいえ」

直央は首を振り、再び椅子に座った飯田に言った。

「もしかして、詐欺未遂……ですか」

「よくわかるな」

飯田が驚いたように瞬きをする。

「いえ、様子を見ていてなんとなく……」

「うん、その通りだ」

飯田は頷いた。

「今、そこの交番まで送ってきた」

「そうですか、よかったです」

直央がほっとしてそう言うと、飯田は少し目を細めて直央を見た。

「これは友部のお手柄だ」

「え？　俺の？　どうして？」

驚く直央に、飯田が続ける。

「何か困っているのではと気付いたのはきみだ。気付くのが遅れたら、詐欺の犯人が私よりも先に近寄ってしまったかもしれないからね」

直央はぶんぶんと首を振った。

「そんな、気付いただけじゃなんの役にも立ちませんから！」

さっと立ち上がって近寄っていったのは飯田の行動力だ。

話しかけ方も、たぶんホテルマンらしい慇懃《いんぎん》さと丁重さが相手に警戒を抱かせなかったのだろうと思う。

「飯田さんって、本当にホテルマンが天職って感じですよね」

心から、感嘆を籠《こ》めてそう言うと、飯田が意外そうに瞬きをした。

「……きみは」

椅子に寄りかかっていた身体を起こし、少し直央の方に身を乗り出した。

「私がこれまで思っていたのとは少し違うな」

直央はびくりとした。

別人だと……人が変わっているのだと、気付かれただろうか。

しかし飯田は、不審げな様子はなく言葉を続ける。

「意外に、面白い」

面白い。

これまでそんなことを言われたことはなかったが、そうなのだろうか。

その瞬間、直央ははたと気付いた。

つまり今まで、誰かに「面白い」などと言われるほどちゃんと会話をしたことがなかったのかもしれない。

いつも相手を警戒して……隙を見せないようにして。

ホテルの仕事は「ベルボーイ」という役割の中で、それを逸脱しない範囲の会話だけが必要とされているから好きだし、楽だった。

同僚とだって上司とだって、今みたいに会話をしたことなどなかった。

だが今、気がついたら直央は、飯田を警戒もせず余計な緊張もせず、いつの間にか自然な会話をしていたのだ。

それで「面白い」と言われると、それはそれで自分でも面白い。

「ありがとうございます」

これまで自分でも知らなかった自分の一面に気付かせてもらえたようで、なんだか嬉しくなってそう言うと、飯田がまた軽く吹き出した。

「礼を言うところなのかな」

「あ、ええと……?」

間違った反応をしてしまっただろうかと直央が慌てると、飯田は軽く首を振った。

「なんというか、こちらも楽しませてもらったよ。きみも落ち着いたようだし、席が空くのを待っている人もいるし、そろそろ出ようか」

直央ははっとした。

そうだ、そもそも人混みで不審な行動を取っていて、飯田に話しかけられて過呼吸になりかけ、ここに座ったのだった。

店の入り口を振り向くと、確かに何人もが待っているのが見える。

「そうですね」

直央は立ち上がりながら、はたと気付いた。

「あの、コーヒー代……！」

「ここはいいよ」

飯田は軽く片手をあげて、財布を取り出そうとする直央を止める。

「でも……昨日も」

ゼリー飲料を貰ってしまったのに、コーヒー代まで。

直央が「払わなくては」という断固たる意思を持っているのがわかったのだろう、飯田は真面目な顔で言った。

「では、いつでもいいから非常食のストックを少し寄付してくれ」

仮眠室の棚に入れて、誰かが空腹時に利用できるようなストックを、ということだ。

ここで払う払わないの押し問答をするよりもずっとスマートな解決法だ。

「わかりました、ごちそうさまでした」

直央はそう言って頭を下げ、二人分のカップをさっと持って、返却棚に下げに行く。

飯田は先にテラス席から遊歩道に降りていたが、直央が近付いていくと軽く頷いて、そのまま駅の方に歩き出す。

余計な会話をするでもなく、無言なのがむしろ気楽だ。

イルミネーションの雑踏を、顔も隠さず堂々と歩いている。

先ほど一人だったときよりも誰かと一緒にいることの方が、より非現実的で不思議だ。

これが、こちらの世界。

直央は無言で歩きながら、この世界の居心地のよさを味わっていたが、駅が近付くにつれて、じわじわと罪悪感が心の奥の方から沁《し》みだしていた。

自分はいい、自分は……でも向こうの直央はどうだろう。

今日もいやな目に遭わなかっただろうか。

「友部？」

改札を入ったところで飯田に呼ばれ、直央ははっと我に返った。

「は、はいっ」

慌てて答えた直央を、飯田はちょっと不審そうに見ていたが、それについては何も言わず、親指で背後を示す。

「私はあっちだ。友部は？」

「あ、向こうです」

帰る路線が違うので、ここでお別れだ。

「今日はありがとうございました」

直央が頭を下げると、

「うん、じゃ、気をつけて、また明日」

飯田はそう答え、そして向きを変えて歩き出す。

直央はなんとなくその背中を見送り……そして、誰かが直央にどん、とぶつかってきて舌打ちしたので、いけない、と思って自分も向きを変えて歩き出した。


「今日はどうだった?」

シャワーブースの鏡で顔を合わせると、直央は尋ねた。

何しろ心配でたまらない。

こちらにいる自分は「存在感がない自分」を楽しむ余裕さえあるが、向こうの直央はいろいろと危険にさらされているはずだ。

しかし、向こうの直央は拍子抜けするほど明るい表情をしていた。

「今日からスイート担当だけど、なんとか無事にやれてるし、居心地いいよ」

客に襲われたりあれこれあったあげくに、向こうの直央はスイート担当に配置換えになったということは、昨夜聞いている。

ホテル側ももともと直央がいろいろ面倒に巻き込まれることに困っている様子はあったのだが、それにしてもスイート担当とは「昇格」扱いだ。

それで向こうの直央が安全で、しかも「居心地がいい」のならよかった。

「そっちも、なんかいいことあった？」

向こうの直央が尋ねる。

「え？　そ、そう？　どうして？」

「少なくとも、つまらないとか大変な一日だったって顔はしてないから」

向こうの直央がそう言って微笑《ほほえ》む。

「う、うん、とにかくいろいろ新鮮で楽しくて……今日はS駅のイルミネーション観に行っちゃった」

そう言ってから、直央ははっとした。

「あ……ごめん、そっちではそんなこともできないのに……」

「ううん、全然」

向こうの直央は首を振る。

「俺は前に行ったことあるし。でも人混みって、やたらと人がぶつかってくるから苦手なんだよね。そっちの俺が楽しめたならよかった」

心からそう言ってくれているのがわかる。

顔立ちの扱いが違うためずいぶんと異なる環境にいたはずの二人だけれど、なんとなく「友部直央」としての基本的な性格は同じのような気がする。

だから、相手が本音で言ってくれていると、わかるのだ。

それにしても、と直央は鏡の向こうの顔を見ながら思った。

大嫌いだった自分の顔だが、客観的に見て美貌であることは確かだ。

特に今みたいに微笑むと、完璧な美しさの花がぱっと開いたように見える。

向こうの直央の、美貌を鼻にかけていない、自分の顔に無頓着な雰囲気がさらに好感度を上げている。

自分の顔だけれど自分の顔ではない、奇妙な感覚。

と、向こうの直央が言った。

「それで、ちょっと確認したいんだけど」

「あ、うん、何?」

「エントランスの郵便受けにも後付けの鍵がついてるよね？　あれの番号を聞いてなかったと思って」

「あ、そうだった。ええと」

直央は急いで四桁の番号を言った。

昨夜、最低限の情報は交換したつもりだったが、郵便受けは忘れていた。

向こうの世界の方が用心が必要なため、そういう面倒ごとが多くて申し訳ない。

「そっか、でも基本的にはこれも同じ数字なんだね」

向こうの直央は言った。

「昔の家の郵便番号と、番地の組み合わせ。覚えやすくてよかった」

両親が離婚する前に住んでいた、直央が生まれ育った家の郵便番号と番地。

基本的に暗証番号などは、それを組み合わせたり逆さにしたりしている。

向こうの直央も同じだったようで、ただ違うのは、向こうの直央は同じ組み合わせを使い回していることだ。

「他には？　何かある？」

直央が尋ねると、向こうの直央は首を振った。

「今のところ大丈夫かな。うん、じゃあそんな感じで……あ、あと、俺スイート担当になってシフトが変わったから、明日から三日間は早番なんだけど」

「俺は遅番だ」

直央は驚いて言った。

そうか……担当部署が変わって、シフトも変わるのだ。

「そっか、だとしたら明日のこの時間は寝ちゃってるかな？」

「うん、そうかも」

二人はシフトを照らし合わせた。

「じゃあ……あさっての夜の、早めの時間？」

次に「会う」日時を決める。

向こうの直央は、毎晩会えなくても不安はなさそうだ。

つまり、向こうの世界に適応しつつあって、それほど困ってはいないということだ。

それが、直央の気持ちを少し軽くしてくれる。

「それじゃあ、また。おやすみ」

向こうの直央がそう言ったので、直央も「おやすみ」と言い……

向こうの直央がシャワーカーテンで鏡を閉ざす仕草が見え、一瞬鏡面がぐらりと揺れたような感じがして……そして鏡に映っているのは正真正銘「自分」の顔になる。

少し不安げな、心配そうな顔。

ちょっと思いついて、目を細め、口角を少し上げてみる。

笑顔のつもりだったが……なんだか不自然な、引きつった顔になってしまった。

どうやら自分の顔の筋肉は、笑顔を作る方に発達していないらしい。

向こうの直央の笑顔はなんだか心地よかった。

こちらの世界にいる間は、自分がどんな顔でいても誰も気にしないのだから……ああいう笑顔にだってなってみたい。

直央はそう思いながら、しばらく鏡を見つめていた。

それから数日は、変わったこともなく日々が過ぎていった。

直央は、自分でも驚くくらいにすんなりと「存在感のない」自分に適応しつつある。

もともとそうなりたかったのだから、当然と言えば当然なのだが。

顔をさらして歩くことへの、不安よりも喜びの方が大きくて、これはすぐ慣れた。

道を歩いていて、背後に誰かがいるとびくびくしてしまうのはなかなか直らないが、それでも不安はずいぶん減ったと思う。

そして仕事でも、これまではロビーに立っていると、客の方から直央めがけて歩いてきて話しかけたり何か頼んだりすることが多かったのだが、今は自分で積極的に声をかけなくては、と心がけるようになった。

以前はどちらかというと客の視線を避けるようにして、盗み見るように観察していたのが、堂々と客の様子を見つめ、さっと近寄っていける、それが心地いい。

そう、ホテルマンの仕事は、本来こうあるべきなのだ。

もっとも、客の視線が近くにいる直央を素通りして他のベルボーイに向かってしまうことはしばしばなのだが、直央にはそれを面白がる余裕もある。

心の奥底に向こうの直央への罪悪感を抱えつつ、だからといってどうしようもないのだし、万が一急に元に戻ったときに向こうの直央が戸惑わないようにしよう、と考えながら仕事をしていると……

ある日、ロッカールームに入ろうとしたとき、中から声が聞こえた。

「友部だろ？」

「そう」

自分の噂話をされているとわかり、直央は思わず、その場に立ち止まった。

向こうではこんなことはしょっちゅうで、それも大抵悪口だったのだが、こちらの直央はどういう噂をされているのだろうと気になったのだ。

「なんかさあ、幽霊みたいに背後にいられるとびっくりするんだよ。あれ、やめてほしい」

「ほんとだよな。お客は、あいつがそこにいるのにこっちに話しかけてくるから仕事増えるしさあ」

まあ、悪口というものを言われるならこういうことなのだろうが、こうなるとなかなかロッカールームに入っていくタイミングが掴めない。

「だいたいさあ」

三人目の声が聞こえる。

牧原《まきはら》というスイート担当だ。

「そもそもあいつって、もともと清掃メインの客室係でバイトに入ってたんだろ？　大学出て就職先もなくて、仕方なくうちでフルタイムのバイトしてるって聞いたけど、なんでベルボーイ？」

牧原は向こうの世界ではあくの強すぎる顔立ちでそれこそ「なんでホテルマンに」という感じだったが、こちらではどうやらかなりの「美形」のようだ。

そして、向こうの牧原は客の前では愛想がいいのに、裏に回ると人の悪口ばかり言っていたが、どうやらこちらでもそうらしい。

「ベルボーイはホテルの顔なのに、顔があるんだかないんだかわからないようなあいつを、なんでロビーに配置してるのか謎だよね。のっぺらぼうホテルって感じ？」

牧原の言葉に、他の二人が笑い出す。

これは、直央に悪意を持っているというよりは、直央を馬鹿《ばか》にし、何を言ってもいい相手くらいに思っているのだ。

どっちの世界でも牧原は牧原だ……と思うと妙に感心するが、同時にじわじわ怒りも湧いてくる。

ただ「存在感がない」容姿である、というだけで、一生懸命仕事をしているのにこんな言われ様はこっちの直央がかわいそうだ。

突然入っていってやったら、どんな顔をするのだろう。

そう思って直央がドアのノブに手をかけようとしたとき。

誰かの手が先にさっとノブに伸びて、直央の動きを止めさせた。

はっとして直央が傍《かたわ》らを見ると、そこには飯田が立っていた。

人差し指を唇に当て、視線で、直央に脇に寄るよう促す。

とっさに直央が壁際に寄ると、飯田は軽くノックしてから扉を開けた。

直央は、その扉の陰に隠れたような位置になる。

「あ……おはようございます」

「おはようございます」

慌てたように牧原たちが挨拶《あいさつ》をする。

「おはよう」

飯田は穏やかに言った。

そして同じ、淡々とした口調で続ける。

「ところできみたち、ロッカールームは防音室ではないことを知っているか？　会話は廊下に筒抜けなんだが」

中にいた三人がはっと息を呑んだのがわかった。

すると、飯田の声がわずかに鋭くなった。

「正当な理由で誰かを批判するのはまあよしとしよう。だが、友部は何か、批判されるような仕事ぶりなのかな？　だとしたら私にも聞かせてくれ」

「あ……ええと、いいえ」

うろたえた声。

「その……」

一瞬沈黙があり……

「すみませんでした、時間なので失礼します！」

牧原がそう言ったかと思うと、ばたんばたんとロッカーの扉を閉める音がして、三人が廊下に飛び出してきた。

半分扉の陰になっていた直央には全く気付かず、廊下をばたばたと走り去っていく。

「走らない！」

扉から顔を覗かせた飯田がよく通る声で言い、三人はぎくしゃくと速度を落として廊下を曲がり、姿を消した。

「さあ」

飯田が直央を見る。

「着替えの時間が削られてしまっただろう。急ぎなさい」

飯田は、自分の陰口を言われてロッカールームに入っていけない直央の状況を察して、間に入ってくれたのだ。

「ありがとうございました」

直央が頭を下げると、

「いや。きみもなかなか大変だな」

飯田はちょっと苦笑し、それから真顔になった。

「こういうことはよくあるのか？」

確認するように尋ねる。

直央は躊躇った。

向こうの世界ではしょっちゅうだった。

だがこちらの直央にとって「よくある」のかどうか、わからない。

存在感がないということは、悪口を言われる機会だってそんなにはないような気もする。

「……よくあるわけじゃ、ないです」

なんとか無難そうな言葉をひねり出すと、飯田は一瞬じっと直央を見つめ、直央はなんとなく落ち着かない気持ちになった。

そう……飯田の視線。

考えてみるとこちらの世界に来て以来、周囲の人々は皆、直央に顔がついていることすらわからないようなのに、飯田だけが、直央の顔を見つめる。

飯田だけが、直央に顔があることを知っているかのように。

しかしそれはほんの一瞬だった。

飯田は「さあ、着替えを」と言うと、これ以上は邪魔をしない、と言うように片手をあげ、廊下を歩き去って行った。

直央はその、すらりと背が高い、皺一つなくスーツ型の制服を着こなした後ろ姿を見送った。

通りすがりに扉の外にいた直央に気付いたのか、それとも廊下の向こうから直央を見かけてわざわざ近寄ってきたのかわからないが、とにかく直央に気付いてくれた。

そして、ことを荒立てずに状況を打開してくれた。

それがありがたいことだ。

あの人は、よく気付く人であり、部下思いであり、気配りのできる人なのだ。

存在感がないこちらの直央のことも、直属の上司でもないのに普段からちゃんと見てくれている。

ただせめて……あんなふうに顔をじっと見つめないでいてくれれば、こんなに落ち着かない気持ちにならずにすむのに。

直央はそう思いながら、ロッカールームに入り急いで着替えをはじめた。

その数日後。

直央は突然、ロビーのフロアチーフである高梨に耳打ちされた。

「友部、チェックアウトが落ち着いたら、宿泊事務室に行ってくれ」

「は、はい」

返事をしながら、直央は「なんだろう」と思った。

ホテルの事務棟には、宴会部門と宿泊部門の、それぞれの事務室がある。

だがそこは文字通り「事務」を担当する部署で、フルタイムのアルバイトである直央に用事があるようなところとは思えない。

いやもしかして……時給が変わるとか、そういう話ならあるかもしれない。

もしそうなら、上がる？　下がる？

どちらの要因も思い当たらないが、もしかして自分が、こちらの直央の「存在感のなさ」に応じた仕事ぶりにうまく適応できていないとしたら、評価が下がることもあるかもしれない、と思うと不安になってくる。

時給が下がるくらいなら頑張って取り返すにしても……万が一、クビ、なんて事態になったら、こちらの直央に申し訳ない。

どきどきしながら、直央は客の流れが落ち着いたのを見計らって、事務棟に向かった。

ホテルの裏動線を歩いていても、以前だったら必ずすれ違った相手が驚いたように直央を見つめたり、普段接点のない部署の人間が「ベルボーイ？　新しい人？」とかなんとか声をかけてきてネームプレートをまじまじと見たりされたのだが……

誰も、直央を見ない。

本当に、こちらの直央の生活はなんて静かで、面倒がないのだろうと思う。

そして、自分がそれを享受している一方で、向こうに行った直央は……と思うと罪悪感が湧き出す。

二つの感情は必ずセットになっている。

事務室の扉の前で、直央は一度深呼吸してそういう感情を振り払った。

とにかく、どういう話をされるにしても、こちらの直央に迷惑がかからないようにしなくてはいけない。

と、背後から誰かにぽんと背中を叩かれ、直央はぎょっとして飛び上がった。

振り向きながらさっと横に飛び退《の》いたのは、長年の条件反射だ。

「な、なんだその反応は」

驚いたような顔でそこに立っていたのは、人事の担当者だった。

アルバイトに応募したときの面接とか、清掃からベルボーイへの異動のときとか、時給アップの面談などで何度か顔を合わせている柳瀬《やなせ》という年配の男だ。

「柳瀬さんが驚かせたんですよ」

柳瀬の背後にいた人物が、穏やかな声で言った。

飯田だ。

「友部、大丈夫か？」

気遣うように直央に尋ねる。

直央はばくばくと音を立てている心臓のあたりを押えた。

大丈夫……ちょっとびっくりしただけだ。

しかしすぐ、友部は先日、イルミネーションの遊歩道で直央が過呼吸を起こしかけたことを思い出しているのだと気付いた。

「だ、大丈夫です……びっくりして」

「いや、悪かったね」

「こちらこそ、すみません」

柳瀬に悪気がなかったのはわかるので、直央も慌てて謝る。

「まあでも、ここでちょうど会えたし」

柳瀬が飯田を見た。

「そっち行くか？」

視線をやった廊下の奥には、ガラスで仕切られた小部屋がある。

昔は喫煙室だったらしいが、今は裏動線も全面禁煙になっているのでソファを押し込み、休憩やちょっとした面談に使えるようになっているスペースだ。

「そうですね。じゃ友部、こっち」

飯田がそう言って、歩き出した柳瀬に続くよう促したので、直央は自分を呼んだのがこの二人なのだと気付いた。

人事の柳瀬はともかくとして……宿泊部主任の飯田がなんの用なのだろう？　いい話か悪い話か……先ほどからの疑問が、また脳内をぐるぐるする。

二人と向かい合って腰を下ろすと、飯田がふっと笑った。

「緊張しなくていい、悪い話じゃないと思うから」

そんなに緊張が顔に出ていたのだろうか。

直央はもともとポーカーフェイスで、それは自衛のために身についたものだったのだが、もしかして「こちら」での生活でそれが崩れてきているのだろうか。

気をつけないと、向こうに戻ったときに困ったことになりかねない。

頭の片隅でそんなことを思いつつ、「悪い話じゃない」の続きを待ち受ける。

すると、柳瀬が言った。

「きみ、スイート担当に移る気はあるかい？」

「え!?」

直央は思わず声をあげた。

「そんなにびっくりするかい？　きみは驚きやすいのかな」

柳瀬が笑い出す。

驚きやすい……つもりはないが、これは驚く。

何しろ向こうの直央が、入れ替わった翌日にスイート担当に変わっているのだ。

向こうの直央のためには危険が少ない部署に異動でよかったと思っていたが、こちらでも同じことが起きるとは。

これは……両方の世界が、連動しているということなのだろうか。

しかし、どうしてだろう。

「あの……理由を……伺ってもいいですか？」

直央がおそるおそる尋ねると、飯田が少し身を乗り出した。

「気乗りがしない？」

「いいえ！　いいえ、そんなことないです、でもどうして俺が、って」

ベルボーイから客室のスイート担当は、一種の昇格だ。普通なら間に、一般客室の係を挟むはずだ。

少なくともこちらの直央は、ベルボーイの中でも埋もれていたのだから、いきなり抜擢されるような理由が思いつかない……と、思う。

「きみならやれる、と思ったから、私が推薦したんだが」

飯田は穏やかに言った。

「きみの仕事ぶりを見ていて、目立たないが落ち着いていて、誠実で、細やかな仕事ぶりがいいと思っていた」

目立たないが落ち着いていて、誠実で、細やかな仕事ぶり。

それが直央の評価なのだ――こちらの世界の直央の。

そうやってこちらの世界の直央は「存在感がない」ながらも、こつこつと上の人たちに認められる仕事をしてきたのだ。

その評価は……こちらの直央への評価であって、自分への評価ではないと思うと、なんとなく他人の業績を横取りするようで落ち着かない。

「牧原さんと交代でしょうか？　牧原さんは……？」

夜間は、夜間勤務を自ら希望している社員が担当していて、スイートのメインは牧原、彼の休日は一般客室係が交代で担当しているはずだ。

その牧原はどうなるのだろう。

「彼はフロントに異動だ」

柳瀬が言った。

「フロントの添田《そえだ》くんが辞めることになってね。牧原くんは以前からフロントに希望を出していたから、移ってもらう」

そういうことか。

元の世界でも、確か牧原はフロントに移ったと言っていたような気がする。

二つの世界は、多少タイミングがずれてもつじつまが合っていく……ということなのだろう。

「で、返事は？」

柳瀬が尋ねたので、直央は慌てて頷いた。

「は、はい、やらせていただきます、頑張ります！」

もちろん、二つの世界の整合性ということを考えると、断るという選択肢はない。

「うん、じゃああとは飯田さんから聞いて」

柳瀬はそう言って立ち上がり、「よろしく」というように飯田に頷いて去っていく。

飯田と二人きりで向かい合うと、飯田が直央の顔を見つめた。

……やっぱり落ち着かない。

不快感とか恐怖とかではなく、とにかく「落ち着かない」。

こんなふうに感じるのははじめてかもしれない。

飯田も割合表情筋が動かないタイプのようで、ホテルの表側では常にホテルマンらしい笑みを浮かべているが、裏側の表情は読みにくい。

その飯田が、どうして直央をスイート担当に推薦してくれたのかもわからない。

「納得いかない顔だね」

「……はい」

これまでのこちらの直央の仕事ぶりを見て、ということはわかるが……それでもやっぱり、牧原のあとに直央、というのはタイプが違いすぎという気がする。

「お客さまは……どう思うでしょう、牧原さんの次に俺なんて」

「どういう意味で？」

飯田が真面目な顔で尋ね、直央は口ごもった。

「ええと……その」

あくが強い牧原の顔は、こちらの世界ではかなりの美形、ということになるようだ。上客の担当は、容姿も「いい」方がいいのではないだろうか。

「こんな……顔なのに」

言ってしまってから、せめて「こんなに地味なのに」とかなんとか言うべきだったと思うがもう遅い。

こっちの直央、ごめん、と頭の中で謝っていると……

飯田が軽く眉を上げて尋ねた。

「きみは自分の顔にコンプレックスがあるのか？」

「え、ええと、あの、その」

直央は慌てた。

顔にコンプレックスなら物心ついたころからある、もちろんそれは「厄介な美形」という意味でなのだが、こちらの世界の直央としては、その……

いや。そもそもこちらの世界の直央は、顔立ちそのものにコンプレックスがあるのだろうか？

いわゆる「不細工」とは違う、ただただ印象が薄くて存在感のない自分の、顔そのものをいやだと思っていたのだろうか……？

よくわからない。

飯田が直央の答えを待っているので、直央はしぶしぶ言った。

「その……あまりにも地味顔で……お客さまになかなか覚えてもいただけないので」

「まあね」

飯田は頷いた。

「名前と顔が一致しにくいタイプではあるかもしれないが、それでも最近のきみを見ていると、そうでもないように思う」

「え」

直央はぎくりとした。

最近の……ということはまさか、入れ替わってから？

飯田には「人が変わった」ことを悟られてしまったのだろうか？

「この間」

飯田は穏やかに言った。

「イルミネーションのとき、はじめてきみと一対一で会話をしたような気がするんだが、話してみるとずいぶん印象が違った」

それは、自分が「こちら」の直央はないからだ。

直央が身を固くして飯田の言葉の続きを待っていると、飯田が苦笑した。

「そんなに警戒しないでほしい。いい意味なんだ。人を冷静に観察し、その人の置かれている状況を読み取る……人間観察力とでもいうのかな、きみはそういう能力があるね」

能力、という言葉が直央には意外だ。

人の目を気にして、とにかく厄介ごとに巻き込まれないように、自衛のために、他人の様子を盗み見る、というようなことが習性になってしまっている。

それが、人間観察力とか能力とか、プラスの意味になるものなのだろうか。

「納得いかない顔をしているが」

飯田は真顔で続ける。

「ここ数日、ロビーでときどききみの仕事ぶりを見ていた。確かにこの間ロッカールームで牧原たちが言っていたように、お客さまの目がきみを素通りしてしまうこともあるが、それでもきみの方がお客さまの状況に気付いて、自分からさっと近寄って声をかけているね。今朝も何か落とし物をして困っているお客さまに、他のベルボーイが気付く前にきみが気付いて素早く対応していたが、押しつけがましい感じがなくて好感が持てた」

「……え」

意外な言葉に直央は戸惑った。

確かに……客の方から寄ってきていた元の世界とは違い、こちらでは黙って立っていては仕事にならないから、積極的に自分から客に声をかけなくてはと思い、そうするように心がけてはいた。

それでも先日のロッカールームでの陰口のように、客が直央を通り越して違うベルボーイに声をかける、などということもたびたびだった。

だが飯田は、直央が自分から客に声をかけていることに気付いてくれている。

こちらの直央ではなく……入れ替わったあとの「自分」の仕事ぶりを見て、評価してくれているのだ。

じわりと頬《ほお》が熱くなる。

「う、嬉しいです、ありがとうございます」

そうだ、嬉しいのだ、と自分で言ってから直央は思った。

「そんな顔をしてくれるのなら、こちらとしても褒め甲斐《がい》がある」

飯田がわずかに目を細める。

そんな顔ってどんな顔だろう、と直央が思っていると……飯田が言った。

「印象が薄いと言うが、一度きみを認識してみると、きみは意外に表情が豊かで考えていることがわかりやすいよ」

「え⁉︎」

直央が驚いて声を上げると、飯田は吹き出した。

あまり表情筋が動かないと思っていた飯田の顔だが、目尻と頬に笑い皺ができて、驚くほど優しく親しみやすい雰囲気になる。

そして飯田は、自分のことを「表情が豊かで、考えていることがわかりやすい」と……つまり自分の顔の造作ではなくて、表情とか顔色とか、そういうものを見てくれているのだ。

こんなふうに自分の顔を見た人はこれまでいなかった。

同時に、「美貌」以外の、直央の何かを評価してくれた人もはじめてだ。

飯田に見つめられると落ち着かない気持ちになるのは、そういう視線に慣れていなかったせいなのかもしれない。

それに引き換え自分は、と直央は急に恥ずかしくなった。

こちらの世界に来てから、他人を見る自分の目は……「この人の顔は、向こうではこういう評価だったがこちらではこういう評価」という、造作に関することばかりだ。

牧原は向こうでは「あくが強すぎる」かなり下のレベルの容姿なのにこちらでは美形扱いなのか、とか。

スイート滞在の高見原という客は、向こうでは気の毒なくらい不細工で自ら顔を隠しているのにこちらでは超美形扱いなのが驚きだ、とか。

飯田のことも、「向こうではちょっと残念な顔」という目でしか見ていなかったのではないだろうか。

そうだ。

向こうとこちらの違いは、「美醜の感覚が違う」ことだけじゃない。

漠然とだけれど……二つの世界は「容姿を重視する度合い」が違うような気がする。

こちらでは、顔立ちもだけれど……その顔を通して、内側にあるものを、向こうよりも重視しているのではないだろうか。

それは直央にとって、目を見開かされるような考えだった。

本当にそれが正解なのかどうかわからないが、そんな気がする。

そしてそれに気付かせてくれたのは飯田だ。

飯田の顔立ちが向こうの価値観ではどうだとか、こちらではどうだとか、そういうことではなくて……自分もこの人の、表情を通して「内側」を見るべきなのだ。

「どうした?」

今も飯田は、直央の内面で何かが起きていることを、表情から察したのだろう。

「私は何か、きみの気を悪くするようなことを言ったか？」

「いえ！　違います！　そんなことないです、ありがたいです！」

直央は慌てて言った。

「なんていうかその……俺の仕事ぶりを見て、評価してくれて、本当に嬉しいです。スイート担当も頑張ります！」

飯田は頷いた。

「うん。うちのスイートは、長期契約のお客さまや、ご年配の常連の方が多いからね。そういうお客さまには、押しが強いタイプよりきみのような黒子に徹するタイプの方が、なんというか……飽きられないし安心していただけると思う。毎日顔を合わせていれば、いくらなんでも顔と名前は次第に一致するだろうし」

飯田が自分に求めてくれているのは、そういう客室係だ。

顔がいいとか悪いとか派手だとか地味だとか、そういうことじゃなくて。

こちらの世界の直央が積み上げきたものの上に、飯田が「この」直央に見いだしてくれたものが上乗せされて、評価してもらえたことが嬉しい。

「はい」

直央が頷くと、飯田は立ち上がった。

「じゃあ、シフトのこともあるし、高梨くんとも相談して、二、三日後に異動という感じで考えておいてくれ」

直央も立ち上がり、それから飯田は事務室の方へ向かいかけ、ふと何か思い出したように直央を振り向いた。

「そうだ、非常食の補充、ありがとう」

「あ、え、あ、はいっ」

直央は驚いて返事をした。

あれからすぐ、仮眠室の棚にゼリー飲料とエネルギーバーを二つずつ補充しておいたのを、飯田は気付いてくれていたのだ。

飯田はちょっと目を細めて頷き、そして事務室の扉を開けて入っていく。

直央は、ちょっと頬が熱くなっているのを感じた。

今のは不意打ちだった……非常食の補充に対し、突然礼を言われたのは。

そういえば……飯田の声は、向こうの価値観で言うなら少しばかり通りがよすぎ、響きが深すぎるのだろうが、自分の耳にとってはとても心地いい、と直央ははじめて気付いた。


異動はもちろん、ベルボーイや客室係の間でちょっとした不満を巻き起こした。

スイート担当というのは、客室係の中では「一般客室担当よりも格上で、それなのに仕事が楽」というイメージがある。

もちろん、走りたくなるほど忙しくはない。そのぶん気遣いなどが半端なく要求されるのだが、「それくらいならできる」とも皆が思っている。

だから、牧原の後任がよりによって「地味で目立たなくて存在感がない」直央である、ということに納得できない者が多いのは、直央にもわかる。

それでも直央には、聞こえよがしの陰口くらいなら面白がれる余裕がある。

牧原などはロッカールームに直央がいるのに、まるでいないかのように同僚に向かって「友部なんかに俺の後任が務まるのかなあ」と言ってから、わざとらしく「あ、いたんだ」と気付いたふりをしてみせたが、直央にとってはまあそんなもんか、という感じだ。

その夜、自宅に帰ってシャワールームの鏡で向こうの直央と顔を合わせると、直央は開口一番に言った。

「俺もスイートに異動になったよ」

「え、本当⁉」

向こうの直央が目を丸くする。

「そっかあ、そっちとこっち、こうやってなんとなくつじつまが合うんだね」

直央は頷いた。

「うん、よかった……その、そっちとこっちがあんまり違っていくと、戻ったときに混乱しそうだから」

本当は「戻ったとき」のことなど想像したくない。

だがそれは、こちらの方が向こうより生きやすいからで、向こうの直央にとっては迷惑な状況であるはずだから、もし戻り方がわかったら戻らなくてはいけない。

直央はそう思ったのだが……

「ああ、戻ったとき……ね」

向こうの直央は、そんなに乗り気でもない雰囲気で言った。

「まあそのときはそのときだよねえ……」

もしかして、戻りたくないのだろうか?

直央は一瞬そう思ったが、いやいや、それは自分に都合のよすぎる考えだと思い直す。

「ねえ、何か困ってることない?」

直央は尋ねた。

スイートに異動になったことで、向こうは向こうで何か言われているはずだ。

「こっちの牧原が、俺なんかに後任が務まるのかとか嫌み言ってきたけど、そっちはどう?」

向こうの直央は一瞬言葉に詰まったが、さらりと言った。

「顔で取り入ったとか嫌み言われたけど……」

やっぱりだ。

「ううう……ごめん、ほんと、牧原ってどっちも性格悪い……ほんと、ごめん」

自分のせいではない「顔」のことでそんなふうに嫌みを言われるのは不愉快に決まっている。

すると向こうの直央が笑った。

「考え方が正反対だから頭の中でいちいち修正してるけど、俺に向かってそういう言葉を言われるのって現実感がなくて、一周回って面白いよ」

そうか……向こうの直央も同じように感じているのだ。

向こうの方が絶対に大変だと思うのに、自分と同じように、面白がる余裕があるということにほっとする。

価値観が異なるとはいえ、その他の部分ではとてもよく似た世界で生きてきた自分たちは、基本的に同じような性格らしい、と話すたびに思う。

意外と楽天的で、仕方ないことは仕方ないと割り切れる、というか。

そうとでも考えなくてはやっていられない、という面があったからではあるが、こちらで暮らしていると、直央も自分のそういう部分が意外にこれまでの生き方を助けてくれていたのだ、という気がする。

向こうの直央が、同じような感じで、向こうで辛い思いをしていないのは本当に嬉しい。

その夜、二人はまた次に会える日時を決め、そして別れた。


夢を見た。

夢の中で、直央は鏡を見つめている。

映っているのは「自分」の顔だ。

そしてその顔が……妙に、かわいく見える。

いや、かわいくというのは造作のことではない。

表情にどことなく愛嬌《あいきょう》があり、瞳が楽しそうに輝いている。

自分はこれまで、こんな顔をしていたことがあっただろうか。

顔が嫌いで鏡すら必要最低限しか見なかったから気付いていなかったのか、それとも鏡を見る気持ちの余裕が、この表情となっているのか。

造作そのものは、これまで思っていたほど「美貌」ではない。

というか、どこか物足りない感じさえある。

いや……そもそも自分の顔は「美貌」などではないのだ。

目立たない、ごくごく平凡な「モブ顔」なのだ。

生まれたときからそうだったのに、なんだか自分の顔が絶世の美貌で、そのために厄介な目に遭ってばかりいる、という気がしていたのだ。

「ふふ、俺、今まで変な勘違いしてたんだ」

思わず笑ったところで――

目が覚めた。

まだ外は暗い。

直央は何度か瞬きし、少し混乱している自分の頭を整理しようとした。

そう……勘違いなどではない。

実際に自分は「厄介ごとを引き起こす絶世の美貌」とやらで、いやな目にも散々遭ってきた。

だが今自分は、完全なモブ顔で、人々の中に埋もれてしまう、目立たない平凡な人間として生きている。

そしてそれが、本当に本当に楽で、楽しい。

「……このまま、こっちにいられたらいいのに……」

それは、考えてはいけないことのはずだった。

自分がこちらで生きていくということは、入れ替わった直央は向こうで生きていくということで……今は環境の変化を楽しむ余裕があるとはいえ、絶対にこの先、いやな目にも遭うに決まっている。

そんな人生を、向こうの直央に押し付けるわけにはいかない。

だから……いつかは戻らなくてはいけない。

でも、どうやって？

戻り方がわからないのなら、それぞれに今いる世界で生きていくしかないのでは？

いや、これは悪魔の囁《ささや》きだ。

向こうの直央がそう考えてくれるのならまだしも、自分が、そんな気持ちになってはいけない。

自分の「願い」が招いたこの状態なら、たとえば、本音では戻りたくなくても「戻らなくてはいけない」と強い義務感で願うとか、そういう方法があるかもしれない。

それをいずれ、試してみなくてはいけない。

「でも、もう少し……もう少しなら、いいよね」

直央は暗闇の中で、小さく呟いた。

布団をかぶり直して目を閉じると……ふと、誰かの顔が浮かんだ。

直央を、少し目を細め、興味深げに見ている瞳。

――飯田だ。

そう思った瞬間、直央ははっと気付いた。

向こうに戻ったら、向こうにいる飯田はこちらの飯田ではない。

イルミネーションの遊歩道で会い、テラス席で人々を眺めながら交わした会話は、なかったことになる。

空腹の直央に気付いて、ゼリー飲料をくれたことも。

直央の仕事ぶりを見て、スイート担当に推薦してくれたことも。

全部なかったことになる。

向こうに行った直央からは、スイートの長期滞在客である高見原の名前などはちらりと出るが、飯田のことは聞いたことがない。

それはつまり……以前からと同じように、向こうでは今も、飯田とはあまり接点がない、ということだ。

もちろん宿泊部主任とスイート担当としての、仕事上での最低限の関わりはあるだろうが、ただそれだけ。

向こうの飯田が直央に対し、「容姿が目立つあまりにちょくちょく客と何か問題を起こしている」という以上の認識を持っているかどうかもわからない。

つまり……向こうの飯田は、こちらの飯田ではない。

わかっていることのはずだったが、そう思うと、直央の胸がぎゅうっと絞られるように痛くなった。

これはなんだろう。

こちらの世界に来て、個人的に何度か会話を交わした相手というのは、考えてみると飯田だけかもしれない。

そしてその飯田が、直央の顔の造作ではなく表情を、表情が表す胸の内を見てくれていることが、新鮮で、嬉しくて……

だから、その飯田がいない世界に戻ることに気が進まないのだろうか。

直央は自分なりにそう考えて自分を納得させ……

胸の痛みが何か他のことを意味しているかもしれないという考えが頭に浮かびそうになったのを無理矢理押しやって、なんとかもう一度眠ろうとした。

スイート担当としての引き継ぎの日になった。

学生時代に清掃メインの客室係としてバイトをしてきたときにも、スイートフロアの客室に入ったことはある。

だがそれはもちろん、客がいないときだ。

チェックアウトしたあとの部屋に入り、清掃と点検をしていたので、スイートの客とじかに接したことはない。

だが今度は、清掃は専門の担当がやるとしても、ルームサービス、ランドリーの受け渡し、アメニティの残量チェックから備品についての注文まで、すべて直央を含めた「スイート担当者」が一括して受ける。

夜間担当者は別だし、一般客室係からのヘルプもあるとはいえ、同じシフトには自分一人しかいないので責任も重大だ。

特に現在長期契約をしている二組の客については、朝食の時間からアメニティの好み、部屋へ入るときのノックの回数まで、今までのやり方を引き継がなくてはいけない。

幸い牧原からの引き継ぎは、間に飯田が入ってくれたので特に意地悪をされることもなく済んだ。

飯田に連れられ、長期滞在の客に挨拶に行く。

まず細川《ほそかわ》という日本画家の老人に挨拶をすると、細川はじっくりと直央の顔を観察してから飯田に言った。

「今度はまた、ずいぶん地味な人が来たね」

「地味ですが仕事は確実です。どうぞ、これまでと同じようにお付き合いください」

飯田がさらりと言ってくれ、直央も頭を下げた。

「精一杯務めさせていただきます」

「うん、僕はね、そんなに面倒なことは言わないから。冷蔵庫の中のミネラルウォーターだけ切らさないでくれれば」

それは引き継ぎで聞いているし、その他にも冬は電気毛布が欲しいとかルームサービスの食器は模様入りはだめだとか、細かい注文があることも確認している。

だが気難しい人ではないらしいと、飯田からも聞いている。

「明日からなんだね、じゃあよろしくね」

細川が「もういいよ」という口調でそう言い、直央は飯田とともに部屋を辞した。

「次は高見原さま。アポは取ってある」

飯田の言葉から、ホテル側の人間がルーティン以外で訪問する場合もきちんと事前のアポが必要な相手だということを、直央は頭に叩き込む。

扉の前で、直央はちょっと緊張して深呼吸した。

高見原は、ＩＴ系複合企業のトップだ。

そして直央の……向こうの世界の感覚では、本当に……気の毒になるくらいの「不細工」で、本人もそれを自覚していて、常にサングラスやマスク、帽子などで顔を隠している。

仕事でも顔を出さない覆面社長というスタンスを貫いているほどで、素顔を見たことのある者は少ない。

だがこちらの世界では、高見原はものすごいイケメン、らしい。

はじめて高見原がロビーを、顔を隠さず堂々と歩いているのを見たときには仰天したが、その後、美醜の価値観が違う世界に来てしまったのだとわかり、納得した。

とはいえ、直央の中ではやはり高見原を「超イケメン」と認識するのは難しく脳内が混乱するので、心の準備が必要なのだ。

飯田が扉を二回ノックし、返事を待たずに抑えめの声で「失礼いたします」と言いながら鍵を使って扉を開ける。

これは「返事が面倒」という理由だけでなく、ウェブ会議中とか、秘書と打ち合わせの最中とかの場合があるのでなるべく邪魔をしないように、と決められていることだ。

鍵を使って開けることを許されているというのは、ホテルに対する信頼の証《あかし》でもある。

飯田に続いて直央が部屋に入っていくと、そこにいたのは眼鏡をかけた三十前後の男性だった。

この人も見たことがある……確か、高見原の秘書だ。

スイートを契約しているのは高見原本人だけなのでこの秘書が宿泊することはないが、高見原がここをオフィスのように使っているので、昼間は頻繁に出入りしているのだ。

「星《ほし》さん」

飯田がその秘書を呼び、直央を振り向いた。

「これが、新しい担当の友部です。友部、こちらは高見原さまの秘書の、星さん」

この人を「さま」付けではなく「さん」で呼ぶのも、何かこれまでのいきさつや習慣によるものなのだろう、と直央は心のメモに書き付け、頭を下げる。

「よろしくお願いいたします」

星は頷き、室内に視線をやった。

「社長、新しい担当者です」

「ああ」

ソファに座ってタブレットを手にしていた人物が、頷く。

高見原だ。

向こうの世界では室内でもサングラスをかけているという噂だったが、こちらではもちろん、そんなことはしていない。

飯田が高見原に近付き、直央も隣に並ぶ。

「高見原さま、友部です。明日から高見原さまのご用を承ります」

「友部と申します、よろしくお願いいたします」

直央が頭を下げると、高見原は頷いた。

「よろしく。とにかく邪魔をしないでくれればそれでいい。何かあったら星に言ってくれ」

人の上に立つことに慣れた、少し近寄りがたい雰囲気。

そして直央の感覚では、やはり顔を正視してはいけないような気がする。

不快感などではない……あまり見ると相手が気まずかったり不愉快だったりしそうな気がするのだ。

もちろんこの人は、こちらでは超イケメンなのだから、見られることに慣れてはいるだろう。

しかしそれを心地いいと感じるか不愉快に感じるかは個人の感覚だ。

なんとか頭の中を整理し、そして出した結論は「他のお客さまと同じに」だ。

そう、ホテルマンの端くれとして、そこが基本だ。

それにこの人は、向こうの世界では客に襲われかけた向こうの直央を助けてくれたりした人。

なんとなく「身内がお世話になっている」という気がするのも妙な気持ちだ。

飯田が言いかけたとき、星が思い出したように言った。

「それでは失礼いた……」

「ああそうそう、浴室の鏡が曇るようになってきているようなので、チェックをお願いします」

鏡！

直央は危うく息を呑むところだった。

そう……向こうの世界の高見原は、まさに直央と正反対の意味で、鏡を忌み嫌っていた。

だから高見原が長期滞在している部屋は、基本的に鏡はすべて撤去するのが決まりだったのだが……こちらでは鏡があるのだ……！

「それは気付きませんで、失礼いたしました。承りました」

飯田が頷き、すっと隣の寝室を通ってバスルームに入り、すぐ戻ってくる。

「曇り止めのチェックをするのに、後ほど設備の者を伺わせます。お時間等、ご希望ございますか」

「そうですね、では二時過ぎに」

「かしこまりました」

飯田が頭を下げ、直央も「二時に設備の係が鏡の曇り止めを点検」と頭に入れた。

正確には明日からだが、これからこういうことは自分が聞き、上司に伝えてから、設備に連絡を入れるのだ。

高見原の部屋を出ると、直央は思わずほうっとため息をついた。

廊下の端にある裏動線への扉を抜けてから、飯田が言った。

「緊張していたね」

「特に、高見原さま」

「あ、は、はい」

直央は頷いた。

まあ、客観的に見ても、有名企業のトップでホテルの上客なのだから、緊張してもおかしくはないはずだ。

しかし飯田は言葉を続ける。

「何か、高見原さまに苦手意識があるのか？」

「え」

直央は焦った。

「そ、そんなことは……ただ、本当にすごい方だと思うので……」

それは本当だ。

向こうの世界でも、常に顔を隠すほどの「不細工」であることを陰で笑う同僚もいたし、そうでなくても気の毒がったりしていたのだが、直央は単純に、「あんな顔なのに」あれだけの社会的地位を築いて堂々と生きている高見原をすごいと思い、尊敬もしていた。

だが今となると「あんな顔なのに」という言い方すら、あまりにも傲慢だったのではないかと思う。

自分の顔を「厄介な美貌」として嫌っていたくせに、無意識に自分は容姿のことになると上から目線になっていたのだ。

そのことに気付いて、直央は自分が恥ずかしく、消え入りたい思いだ。

「まあね、確かにすごい人だと私も思う」

飯田はそれ以上直央を追及せずに頷き、それからエレベーターのボタンを押しながら口調を変えて尋ねた。

「この間はイルミネーションを観に行っていたが、最近はどこかに行ったのか?」

プライベートの話題を振ってくれたことに直央は一瞬焦ったが、ちょっと嬉しくなる。

「あれからまだ、どこにも出かけていないですけど……今度の休みあたり、テーマパークに行ってみようかなって」

有名テーマパークも、直央にとっては縁遠いところだった。

こちらの世界にいるうちに、行けるところには行ってみたい。

「一人で?」

口を開けたエレベータに先に乗り込みながら、飯田が面白そうに尋ねる。

そう言われてみると、自分にはどこかに一緒に行くような相手はいない。

元の世界にいたときからそうだった。

「……はい」

友人もいない寂しい人間だと思われているだろうな、と思いながら頷くと……

「まあ、この仕事をしているとね、誰かとスケジュールを合わせるのも大変だから。私も仕事を離れて誰かと会ったのは、この間きみとコーヒーを飲んだのが久しぶりだった」

飯田は軽い調子でそう言って笑った。

確かに変則シフトの連続で、恋人がいてもデートもままならない仕事ではある。

……そういえば、飯田は「スケジュールを合わせるのが大変」な人……もしかして、恋人がいるのだろうか。

そう思ったとき、エレベーターは目的階に着いた。

直央はさっと開ボタンを押さえ、飯田は頷いて先に出る。

続いてエレベーターを降りた直央を、飯田は一瞬じっと見つめた。

何か言いたげな……しかしそれを躊躇っているような雰囲気に、直央はどきっとした。

なんだろう。

しかし次の瞬間飯田が口にしたのは、

「それじゃ、明日から頑張ってくれ」

という、当たり障りのない、本当に言おうとしたのとは違う言葉のように感じるものだった。

いや、自分の思い違いかもしれない、と直央は慌てて考えを打ち消す。

「はいっ」

一拍遅れて直央が返事をすると、飯田はふっと目を細め、頷き、そして背を向けて廊下を去っていく。

その……わずかに目を細めただけなのに、普段は無機質に見える飯田の顔が全体にやわらかい雰囲気になる笑みは、優しい。

こちらでは高見原の顔を「男らしい美貌」と言うのかもしれないが、直央としては飯田の顔の方があくが少なくて好ましい、とぼんやり思い……

いや、まだ自分は誰かを「顔」で評価しているのか、と恥ずかしくなった。

スイート担当としての日々がはじまった。

日本画家の細川は、毎回直央が顔を出すたびに「ああ、そうそう、きみになったんだっけ」と直央を思い出し直しているし、高見原に関しては、ほとんど星が応対するので接点はほとんどない。

他のスイートは、連泊の外国人の客が日本語も英語もできないのでスマホの翻訳アプリに頼ったらちょっとした勘違いが生じてしまったり、カップルの客が浴槽にばらの花びらを詰まらせてしまったりと、まあホテル勤務「あるある」なことが続くが、対応に困るほどのことはない。

そして夜になって向こうの直央と会うと……

向こうはなかなか大変らしかった。

嘘の伝言をされたり、まかないの頭数からはずされたり、ついには制服をケチャップか何かで汚されたりもしたようだ。

向こうの直央は、そういうことを「ちょっとしたエピソード」程度の軽い口調で報告してくれるのだが、直央としては申し訳なくてたまらない。

「そういうの……多いんだ、ほんと。中学とか高校でもよくあった……ごめん」

そして、向こうでそういうことをしている首謀者は牧原なのだろうと見当もつく。

「できることなら、こっちの牧原をやっつけてやりたいくらいだよっ」

直央が思わずそう言うと、向こうの直央は笑い出した。

「それはさすがに八つ当たり、そっちの牧原が気の毒」

まあ確かに……こちらの牧原は、フロントに移って以降ほとんど接点がなくなっていて、嫌みを聞く機会もないのだが。

しかし直央にとっては、向こうの直央がそういう意地悪などをさして苦にしてもいない雰囲気なのがただただありがたい。

そして向こうの直央が一度も、こんな事態を引き起こした自分を恨むようなことを言わないのも、こちらに「戻りたい」と一度も言わないことも。

それが、直央には不思議だ。

言っても仕方がないことだと思っているからだろうか。

「……ねえ」

直央はおそるおそる尋ねた。

「あの……早くこっちに戻りたいって……思ってる、よね？」

「え？」

向こうの直央は、意外なことを尋かれた、という驚きの表情になった。

「戻る……えっと……え？　何？　戻り方わかったの？」

戸惑いながら尋き返してくる。

その顔には、「戻れるなら戻りたい」という雰囲気は見えない。

少なくとも向こうの直央は「もういやだ」とは思っていないのだ、と直央は感じた。

価値観が違う世界での生活に意外に適応し、そして楽しむ余裕があるようだから、そんなに切羽詰まっているわけではないのだ。

「う、ううん、わからない、ただ尋いてみただけ」

直央は慌てて言った。

「そっか」

向こうの直央は、ちょっとほっとした顔になる。

「うん。そしたら俺も別に、すぐ戻らなくちゃいけない理由があるわけでもないし……ゆっくり、考えよう」

それは直央にとって、執行猶予の宣言みたいな感じだった。

では……いいのだろうか。

永久に、とは言わなくても……もうしばらくこうしていていいのだろうか。

後ろめたさはありつつも、だったら、自分ももっとこちらの世界を楽しみたいとも思う。

「そろそろ寝なくちゃ、俺、明日早番だし」

向こうの直央が言ったので、直央は頷いた。

「うん、じゃまたね」

「おやすみ」

「おやすみ」

会話終了の合図は、向こうの直央が鏡の前にカーテンを引く仕草だ。

次の瞬間には、鏡に映るのは「自分の」顔になる。

その顔に、あからさまにほっとした表情が浮かんでいるのがわかる。

それにしても向こうの直央は、結構面倒な目にも遭っているようなのに、向こうでの生活が辛くはないのだろうか。

自分にとっては向こうでの生活はあんなに辛かったのに。

不思議だ。

もし……もし向こうの直央が、このまま今いる世界にいよう、と言ってくれたら……どんなに嬉しいだろう。

いや、そんな自分に都合のいいことを考えてはだめだ。

そう思いながらも、直央は「今しばらくこのままでいてもいい」ということが自分の心を軽くして、なんだか浮かれた気分になるのを感じていた。

休日、直央は思いきってテーマパークに出かけた。

朝出かけるときに顔を隠す算段をしなくていいことにも慣れてきたが、それでも毎回、楽だし嬉しい、と感じる。

道を歩けば反対側から歩いてきた人にぶつかられそうになるし、駅の改札やホームでは順番を抜かされて割り込まれるし、電車でも、直央の前の席が空いても、直央が見えていないかのように近くの人がさっと座ってしまう。

でも、それが面白い。

向こうの直央は、もしかしたらこういうことを面白がる余裕などなく、いちいち「存在感が薄いせい」と悩んでいたのかもしれない。

確かに、特に「順番を抜かされる」ことが日常的だと、面白くはないだろう。

でも自分なら、この先何年でもそれを面白がり、楽しめる気がする。

向こうの直央も「厄介な、絶世の美貌」を持つ日常を、こんな感じで面白がっているのだろうか。

テーマパークのチケットはあらかじめオンラインで買ってあったので、すんなり入れた。

空は晴れていて、少し肌寒い気もするが、空気が澄んで気持ちがいい。

ここにははじめて来たし、乗り物に乗りたいという感じでもないので、ただただ足の向くまま、歩き回る。

それだけで楽しい。

直央の休日……ということは世間は平日なのだが、こんなにも平日に遊んでいる人が多いというのも驚きだ。

ここは……まさに夢の国だ。

自分は夢の世界の中の夢の国にいるのだ。

向こうの世界では、存在しているのに縁遠かった場所。

高校生の頃に一度だけ、都心の遊園地に行ってみたくて、一人で行ったことがあった。

これでもかというくらいに顔を隠して行ったのに、それでもにじみ出てしまう「変なフェロモン」的なものがあるらしく、数歩歩くごとにナンパされるという感じで、しまいには物陰に引きずり込まれそうになって、とうとう諦めて帰ったのだ。

だが今は、誰も自分を気に留めない、見ているのかどうかすらわからない。

有名な撮影スポットで写真を撮りたくて周囲を見回しても、他の客に「お撮りしましょうか」と声をかけているスタッフすら直央に気付かないが、だったらセルフィーでいい。

飲み物を買い、芝生《しばふ》を囲むベンチに座り、ぼうっとしているだけで気持ちがいい。

誰の視線も気にしなくていいというのは、なんて楽なんだろう。

直央はそうやってしばらく楽しんでいたが……

ふと、周囲を見回して気付いた。

周囲の人は皆、何か「会話」をしている——それぞれの連れと。

それに気付いてみると、家族連れやカップル、友人同士などいろいろな組み合わせがあるが、とにかく誰かと一緒だ。

こういうところにも「お一人さま」がいると聞いたことはあるが、見回してみた限り、一人で来ているように見える人はいない。

直央だけだ。

そうか……と直央は気付いた。

自分には本当に、こういうところに一緒に来る人がいないのだ。

向こうの世界でもそうだったけれど……こちらでも、両親とは疎遠だし親しい友人もいない。

先日飯田が言ったような、シフトの関係で休みを合わせるのが難しいとか、そういう問題ではなくて……合わせようとする相手すら、誰もいない。

職場の同僚たちとも、個人的に親しくはない。

こういう場所に来て「次はどこを見る?」とか「あれを食べてみようよ」などと言う相手

は、いない。

一瞬寂しくなったが、すぐに思い直した。

それで構わないのだ。今は一人で、誰にも注目されずにテーマパークで遊んでいるという、奇跡のような、もう二度とないかもしれない時間を楽しむのだ。

直央はその後もアトラクションを楽しみ、日が暮れて夜景も見た。

ようやく帰る気になったとき、直央はふと、何か記念になるものがほしい、と思った。

せっかくの楽しい一日の記念になる、いつでも今日を思い出せるものが。

ゲート近くのショップに入ってみる。

記念だから、食べ物とかじゃなくて何か残るもの。

最初は何か小さなものでいいと思ったのだが、ショップを見回していると、ふと何かと目が合った。

ぬいぐるみだ。

かなり大きい……七、八十センチはありそうな、このテーマパークのキャラクターのひとつであるピンクの熊。

いや待て、大きすぎないか、と思ったのだが……一度視線が合ってしまうと、相手が直央に「連れて帰って」と訴えているような気がして、目が逸らせない。

これを抱えて電車に乗るのはいくらなんでも目立ちすぎる、と思ったのだが、はたと、それも面白いかもしれない、と思う。

存在感がなくて目立たない自分が、これを抱えて電車に乗ったら、周囲からはどういうふうに見られるのだろう？

ちょっと興味がある。

それに何より、熊がもう完全に、うちに来る気になっている気がする。

直央はとうとう決心して、その大きなぬいぐるみを買った。

それを抱えて電車に乗り、窓に映る自分を見る。

ぎょっとするほどの美貌……とは、なんとなく自分でも思わなくなってきた。

傍《はた》から見たら平凡な顔立ちの、パーカーを着てリュックを背負ったごく普通の若者。

そこにぬいぐるみが加わると、少しばかり視線は集まる。

だが、周囲の人が見るのは、直央ではなく、あくまでもぬいぐるみだ。

それにテーマパークを通る路線なので、こういうものを持った乗客はそれほど珍しくもないのだろう、視線は一瞬で離れていく。

その、自分の存在は意識せずにぬいぐるみだけに一瞬留まり、そして離れていく視線を直央はなんとなく楽しんでいたが……。

ふと、これが一人ではなく誰かと一緒だったらもっと楽しかったのだろうか、と思った。

このぬいぐるみも、親しい友達と行って、「お前それほんとに買うの？」などと言われながら買ったものだったり、恋人と一緒に行っておそろいで買ったものだったりしたら、もっとうきうきした気持ちになっただろうか。

いや、恋人は無理だろう。そもそも直央は、他人に性的な目で見られることが多すぎて、誰かとそういう関係を持つことを想像すらできない。

そもそも「恋」という感情を誰かに抱いたこともない。

だったら……友人？

気楽に遊びに誘えるような誰か？

たとえば……たとえば、同僚の誰かを、誘ってみる……？

「あの、よかったら休みが合う日に遊びに行かない？」

そんなふうに声をかけて、牧原や佐竹がびっくり仰天する顔が浮かぶ。

「はぁ⁉」

そんな声を出されたら、即座に「いや、冗談」と打ち消してしまいそうだ。

そして今度は陰で「友部、どうかしたんじゃない？」などと言われるのだろう。

そうじゃない、そんな普段から自分に否定的な相手じゃなくて、少なくとも自分に好意的であって、気楽に会話できるような誰か。

そう思った瞬間、脳裏に浮かんだのは、飯田の顔だった。

「いやいやいやいや」

電車の中だといのに、直央は危うく声に出してそう言いそうになった。

飯田は上司だ。年もたぶん、二十三才の直央より七、八才は上だ。

確かに、直央を評価してくれたりして「好意的」ではあるかもしれないが、それは仕事上のことで、まさか「友人」にはなれないだろう。

とはいえ、直央がこちらに来てから唯一、個人的に会話を交わした相手でもある。

上司で年上で、友人にはなれないとしたら……恋人？

ばか、それはもっと違う！

頭の中に勝手に湧き出した言葉に直央が慌てていると――

「友部？」

突然背後から声をかけられ、直央は飛び上がった。

振り向くとそこには、まさにその飯田がいた。

恋人、などという言葉を連想してしまった当の相手が。

直央は耳まで赤くなった。

「なっ……飯田さ……どうして……っ」

「私は帰宅するところだが……すまない、また驚かせたな」

飯田が苦笑している。

「い、いえ、いえ、俺が勝手に驚いて……」

そうか、もう飯田の帰宅時間か。

「テーマパーク、行ってきたのか」

飯田が、直央が抱きかかえている巨大なぬいぐるみを見てかすかに目を細める。

「また、派手な戦利品だな」

子どもじみていると思われているだろうか、と直央は少し赤くなった。

「なんか……目が合っちゃって」

「ああ、それは仕方がない。そういう運命だ」

飯田はさらりと言ってから、ちらりとドア上の広告スペースに出ている時計表示を見た。

「それで？　このまま帰るのか？　もし疲れていないようだったら、ちょっと付き合わないか？」

「え？」

付き合う？　何に？

そのとき、電車はターミナル駅に着いた。

「降りよう」

飯田がそう言って、直央も慌てて飯田に着いて電車から降りる。

これは、ええと、つまり、飯田に「付き合う」ことになったのだろうか。

飯田はあたふたしている直央を見て、片頬で軽く微笑んだ。

「ちょっと、偵察。誰か一緒に行ってくれるとありがたいと思っていたんだが、そのぬいぐるみを持っているきみくらいが、ちょうどいい」

どういう意味だろうと思いながらも、直央は「偵察」という言葉に興味を抱いた。

飯田はそのまま、駅の近くにあるシティホテルに入っていく。

割合新しい外資系のホテルで、都心にありながらスペースを贅沢《ぜいたく》に使っているロビーが話題になっているところだ。

飯田はそのロビーに足を踏み入れてから、直央を振り向いた。

「友部は酒は飲めるか?」

「え、あ……たぶん、少し」

飲み会などというものにほとんど縁はなかったが、それでも学生時代にゼミの関係で一、二度居酒屋に行った。

何を飲んだか忘れたが、まあ飲めなくはないのだろうと思った記憶がある。

「じゃあ、上だ」

飯田はそう言って、上階に向かうエレベーターに乗る。

「ええと、これって……」

よそのホテルで酒を飲むということだろうか、と直央が尋ねると、

「ここのラウンジの接客が、評判がいいらしいので、ちょっと見たい」

飯田は真顔で言った。

偵察というのはそういうことか。

それは「仕事」としてなのか……それとも飯田個人の興味なのだろうか。

ラウンジは、照明が暗めで、継ぎ目のない一面の窓から夜景を見渡せる、なかなかのロケーションだった。

ただやはり「大人の場所」という感じだ。

仕事柄、ホテルのドレスコードというのは慣れない人が恐れるほど厳格ではないと知っているとはいえ、私服のジャケット姿の飯田はともかく、パーカーにリュック、そして大きなぬいぐるみを抱えた自分はやはり場違い、という気がする。

しかし「いらっしゃいませ」と寄ってきたウェイターは、にこやかな笑みを崩さなかった。

「二名さまですね、ご案内いたします」と奥へ誘う。

ラウンジは六割ほどの席が埋まっており、二人は窓に近い四人がけの席に案内された。

まず直央のために椅子が引かれ、続いて飯田が座ると、ウェイターはもう一つの椅子を引いた。

「お連れさまはどうぞこちらへ」

ぬいぐるみのことを言っているのだと気付き、直央は嬉しくなった。

こんなものを抱えてくる客は……それもいい年をした男はそういないだろうに、馬鹿にしたり面白がったりという顔は見せず、とっさにそういう対応を取ってくれる。

スイート担当の間は必要ないかもしれないが、接客の参考にしたい、と直央は思う。

飯田も、ウェイターが離れてから「なるほど」と呟いた。

「お荷物ではなく、お連れさま、というのがいいな。きみをスカウトしたのは正解だった」

スカウトというのは、偵察の「連れ」としてなのだろう。

「あの……これって、仕事ですか？」

直央が尋ねると、飯田は笑って首を振った。

「個人的興味」

個人的興味……趣味、のようなものだろうか。

つまり飯田は、退勤後のプライベートな時間も、よそのホテルを「偵察」することに使っているのだ。

だとしたらこの人は、本当に「ホテル」という職場が好きなのだろう、と感じる。

「飯田さんって、根っからのホテルマンなんですね」

直央が思わずそう言うと、飯田は直央を見た。

「まあ、そうかもしれない。だが私から見ると、きみも意外と同類じゃないかという気がするんだが」

そのときウェイターがメニューを持ってきて、会話は中断する。

「何を飲む？」

飯田が尋ね、直央は戸惑った。

酒の種類などは知っていても、自分が何が好きで何を飲めるのかがよくわからない。

「よく、わからなくて」

「あまり強くなくて、癖のない……でもおいしいおすすめは？」

飯田が尋ねると、ウェイターがよどみなくカクテルの名前を三つほどあげ、飯田が直央のためにその中から一つを選んでくれ、自分はメニューを見ずに違うカクテルを頼む。

飲み物とつまみが来ると、飯田がグラスを掲げてみせたので、直央も慌ててグラスを持ち上げ、軽く触れ合わせた。

口をつけてみると、フルーツベースで、しかしほんのりアルコールの苦みがあって、そのバランスが絶妙で、おいしい。

「どう？」

飯田が尋ねる。

「おいしいです。こういうの、はじめて飲みました」

「あまり、飲みにいく、という雰囲気ではないからな、きみは。だがそれもちょうどいい。こんなところに酒飲みを連れてきてしまったら、偵察どころか、こちらが迷惑な客になりかねないからね」

飯田が笑う。

仕事で知っている飯田は——少なくとも元の世界の飯田は——仕事用のやわらかな笑みを顔に貼り付けてはいるが、あまり表情が動かない、内心がわかりにくい、という印象だったのだが……「この」飯田はよく笑う、という気がする。

そしてその笑みが自分に向けられるのは、なんだかくすぐったくて、嬉しい。

「それ」

飯田が、ぬいぐるみを見た。

「思い切った買い物だな。そういうのが好きなのか？」

直央はちょっと赤くなった。

子どもじみていると思われただろうか。

「せっかく行ったので……記念に」

「はじめてだったのか？」

飯田の問いに、直央は頷いた。

「そうか」

飯田はちょっと瞬きをした。

「実は私も、一度も行ったことがない。この年になっても楽しめる場所なのかな」

この年といったって、飯田だって三十そこそこのはずだ。

「もっと年配の方だって大勢いましたよ。俺も、思い切って行ってみてよかったです」

「そうか。私も勇気を持って行ってみるべきかな、きみのように」

冗談めかした言葉だが、「勇気」と言われたのが嬉しい。

そうだ、自分にとってはなかなか勇気のいることだったのだ。

一人で行ってみることも、ぬいぐるみを買ったことも、一連の行動すべてが。

「写真は撮った？」

そう言われて、直央はスマホを出して見せる。

なかなか撮ってくれる人に出会えなかったので、直央自身は入らない風景だけの写真と、ちょっと気恥ずかしさを覚えながらも自撮りしたものが少し。

「お、これはいい写真だな」

飯田が言ってくれたのは、もう日が暮れかかってからパークの中央にある噴水越しに夕焼けを撮ったものだった。

「ふうむ……この写真、欲しいな」

思いがけないことを飯田が言ったので、直央は慌てた。

「あ、はい、ええと、でも、どうやって」

「メッセージアプリは使っている？」

飯田がそう言いながら自分のスマホを出す。

そうか、飯田はこういうものは使わないようなイメージがあったが、そうでもないのだ。

直央のスマホも——正確にはこっちにあった、こっちの直央のスマホだが——にも、バイト先との業務連絡くらいしか履歴がないが、アプリ自体は入っている。

アプリのアカウントを教え、「友だち」になり、そして飯田に写真を送ると、飯田は面白そうにその写真を拡大して眺めた。

「うん、この、噴水の水に夕焼けが映り込んでいるのが絶妙なんだな。構図もいい。きみは写真のセンスがあるね」

そんなことを言われたのははじめてだ。

そもそも誰かと写真を見せ合う、なんてことをしたのもはじめてだ。

直央は一応そう言ったが、声に嬉しさが滲《にじ》むのは隠せない。

「ぐ、偶然です」

「それにしても」

飯田が、じっと直央を見つめる。

「この間のイルミネーションといい、もしかしたらきみは最近、これまでやらなかったことにチャレンジしてみているのかな？」

「え……と」

直央は口ごもった。

どう言えばいいのだろう。

「その、やれることはやれるうちにやっておこうかな……って」

「何か心境の変化？」

詰問口調ではなく、ただ単純に興味がある、という口調で飯田が尋ねる。

「確かイルミネーションのときもきみは『世界がこんなだなんて知らなかった』と言っていたね。何か、世界の新発見をしているのかな」

「新発見……そうかもしれません」

アルコールのせいなのか、穏やかな飯田の口調のせいなのか、この夜景を見つめるロケーションのせいなのか、直央の口も少しほぐれる。

「自分が今まで見ていた世界と、この世界が違うっていうのを、確かめてる感じで」

これくらいのことを言っても、まさか「別世界から来た」などとという奇想天外なことを、飯田は想像しないだろう。

「……ああ、きみはそういう感覚を持っているんだな」

飯田は呟き、それから視線を窓の向こうの夜景にやった。

「同じ世界でも、見方が変われば違う世界のようになるんだろうな」

その声音に、直央は何か切ないものを感じてどきっとした。

なんだろう、この感じ。

「飯田さんも……見方を変えたい、んですか……?」

口が勝手に動き、その言葉を聞いて飯田がぎくりとした顔を見せたので、直央ははっとした。

「あ！　変なこと言ったらすみません！」

「いや」

飯田は少し驚いたように直央を見つめる。

「子どもの頃の経験で……少しだけこの世界というものに違和感を持っているんだが……普段はそんなこと、忘れているつもりなのに、きみといると自分の内側にあるものが零《こぼ》れ出てしまうようだ。不思議だな」

子どもの頃の経験というのはなんだろう。

飯田はそれを口にするつもりはないようだが、それでもこの世界に違和感があるというのは、何かしらの生きづらさなのだろうか。

「飯田さんて、悩みなんてないって思ってました」

直央が呟くと、飯田が苦笑する。

「私も人間だからね。だが、悩みというほど深刻なものじゃないんだ、本当に。きみは優しいな」

そんなことを言われたのは生まれてはじめてだ。

直央はこれまで「きれい」とか「美形」とか、とにかく容姿のことしか言われたことがなかった。

他人はいつでもまず、直央を容姿で判断していた。

それを言うなら、こちら来てからだって……直央は「平凡で目立たない」という容姿で見られているのだろう。

だが飯田は、直央の仕事ぶりを評価してくれただけでなく、こんなちょっとした会話から、直央を「優しい」と言ってくれる。

嬉しい。

グラスが空になったのを見て、飯田がおかわりを注文してくれる。

今度は、ちょっと大人の雰囲気がある、ミント系のカクテルだ。

直央はグラス越しに夜景を見つめた。

ここは……ここも、夢の世界だ。

テーマパークとはまた違う、夢の世界。

「ずっと、ここにいたいなあ……」

直央は思わず呟いていた。

ここ。この世界。自分が目立たない一人の人間でいられるこの世界。

「ここが楽しい?」

飯田が面白そうに尋ね、直央は頷く。

「楽しめているのなら、それはまさしく、ここがきみの世界だということだと思うよ」

直央ははっとした。

飯田は今、直央がこのラウンジのことを言ったのではなく、まさに「この世界」のことを言ったのだと、わかったのだ。

そして、楽しめているのならここが直央の世界だと言ってくれる。

直央が別世界から来たなんて、わからないはずなのに。

今飯田は、直央が本当に心から欲しいと思っている言葉をくれたのだ。

その瞬間、ぽろ、と涙が零れた。

「おや、泣かせるようなことを言ってしまったか」

飯田が笑って、ハンカチを差し出してくれる。

恥ずかしい……そして照れくさい。

「すみません、俺、なんでこんな……」

照れ笑いしながら涙をぬぐいつつ、直央はふと思った。

飯田の顔が……なんだかとても好ましく見える。

高すぎると思っていた鼻のかたちもいいし、印象が強すぎると思っていた目も、目元が涼やかで視線に温かみがあって。

今までずっと「ちょっと残念」な顔だと思っていたはずなのに、急にハンサムとか美形に見えてきたというわけでもないのだが……とても好ましい、好みの、好きな、顔に見える。

直央は自分の頭の中で「好」という文字を連発したことに気付いた。

それも、飯田の顔をじっと見つめながら。

「うわ」

思わず俯いたが……自分は今、どんな顔をしていたのだろう。

飯田はどう思っただろう。

「……もう一杯？」

飯田が穏やかに尋ねた。

直央は、もう少し飲みたいような気もしたが、自分のアルコール耐性がよくわからないし、もしかして変なことを口走らないかという心配もある。

そして何より、今のほんのり脳が温まっている感じが、なんだか心地いい。

「これくらいにしておきます」

直央が言うと飯田は頷き、

「よし、それじゃ……ここの雰囲気もわかったし、これ以上きみを泣かせるのもなんだから、そろそろお開きにしようか」

そう言って立ち上がる。

その、冗談めいた言葉での切り上げ方やタイミングもスマートで好ましい、と直央は感じていた。

飯田と別れてからの帰り道、ぬいぐるみを抱えて歩きながら、直央は自分の気持ちがなんだかふわふわと浮き立っているのを感じていた。

アルコールのせい……ばかりではない、と思う。

テーマパークも楽しかったが、帰りに思いがけず飯田と会って過ごした時間もまた、楽しかったのだ。

誰かと二人で酒を飲んで語り合うなんて、これまでしたことがなかった。

向こうの世界では想像もしなかった時間を持てている。

こちらの世界では、自分は自由だ。

なんだって、どんなことだってできそうな気がする。

これから先、友人だって作れるかもしれない。

それどころか、恋人だって……

そう思いかけて、直央は笑い出しそうになった。

自分に恋人ができるなんて。

他人からの性的な視線が怖くて、恋愛なんて冗談じゃないと思っていた自分が、そんなことを想像するなんて。

だが……恋人というのが、身体をどうこうすることではなくて、気持ちを寄り添わせ、一緒に楽しい経験を積むことができる相手なら……？

変なフェロモンを出していない自分なら、そんな相手ができるだろうか？

だがそもそも「恋」というのはどんな感情なのだろう。

直央にはまずそこがよくわからない。

そもそも自分はどんな人が好きなのだろう。

これまで、女性は直央を遠巻きにしてきゃあきゃあ言うだけだし、男は直接的な行動に出てくるか、妬みそねみを向けてくるばかりだったので、両親以外の誰かを「好き」と思ったことは一度もないような気がする。

それを言うなら、飯田の顔や言動を「好ましい」と思ったのは驚くべきことだ。

だから、飯田のことはきっと「好き」なのだが……

いやいやいや、今は恋愛のことを考えているのだから、と直央は脳裏に浮かんだ飯田の顔を無理矢理押しのけた。

だが「恋」という言葉が、なんだか胸の中で勝手に飛び跳ねている。

こんなときそれこそ「友だち」がいたら、恋ってしたことある？　とか……恋ってどんな気持ち？　なんて尋けるのだろう。

家が近付いてきて、直央は、向こうの直央と約束している時間まではまだ少しあると思い、そしてはっと気付いた。

いるじゃないか。

自分とよく似ていて——むしろそっくりで——なんでも話せそうな相手が。

友人とは違うのかもしれないけど。

向こうの直央は、少なくともこちらの世界で、変なフェロモンを出してつきまとわれるようなことがなかったぶん、「恋愛」を嫌って拒絶するような意識はないだろう。

存在感がなくて、友人も恋人もできなかったとは言っていたが、もしかしたら片思いでもなんでも「恋」という気持ちは知っていたりするかもしれない。

尋いてみたい。

直央は、なんだかわくわくするような気持ちで、思わず足を速めていた。


その夜、直央は約束の時間よりも早く、鏡の前でスタンバイした。

映っているのは、自分の顔。

涼しい風にあたりながら帰ってきたので、酒に酔った感じはもう顔から消えている、と思うのだが……まだちょっと、目がきらきらしている気がする。

意味もなく髪を撫でつけたりしていると、鏡の向こうでカーテンがめくれるような気配があって、そして向こうの直央の顔が映った。

「あ」

「あ、うん」

顔を合わせると、なんとなくそんな感じで互いを確認する。

と、直央は……向こうの直央の顔も、ほんのり上気して楽しそうな光を目に宿していることに気付いた。

「そっち、何か変わったことあった？」

思わず、直央はそう尋ねていた。

「う、ううん、特に」

向こうの直央は慌てたように首を振るが……特に何もない、という感じではない。

自慢ではないが、「人間観察力」にはちょっとばかり自信がある。

たとえ自分とそっくり同じ顔でも、向こうの直央の内側から何か光り輝くようなものが発散されていて、「美貌」がさらにマシマシになっているのがわかるのだ。

何か、すごくいいことでもあったのだろうか。

しかし向こうからは何も言い出さないので、直央はとにかく尋きたかったことを、直球で口にしてみた。

「ねえ、尋きたいんだけど、こっちの世界で、恋ってしたことあるの？」

向こうの直央は、真っ赤になった。

「こっ……こい……な、な……んで？」

思いがけない反応に驚きつつ、直央は、向こうの直央の顔がただきれいなだけじゃなくて、すごくかわいい、と思った。

自分と同じ顔なのに。

自分の顔がこちらの世界で「平凡なモブ顔」であることに慣れつつあるのに、同じ顔をきれいでかわいいと感じる……これは、なんだろう。

そう、なんというか、向こうの直央の顔を自分から引き離して、向こうの世界の価値観である「美貌」として見ている……ような。

今まで、別々の世界にいるけれど「同じ」人間だと思っていたのが、ふいに「違う人間なのだ」とわかったような感じ。

向こうの直央がなんだかうろたえているので、もしかしてかなりぶしつけな質問だったかと思いつつ、直央は冗談めかしてちょっと舌を出してみせた。

「いや、ちょっと興味あって。目立たない顔だと、出会いとかってどういう感じなのかなって」

向こうの直央がちょっと拍子抜けした顔になり……そして、逆に尋ね返した。

「こっちではどうだったの？　恋って普通にできた？」

同じ質問を返されると、確かに直央も返事に困る。

「うーん、微妙」

そうとしか言いようがない。

「どうしたってまず顔からだから……それにほら、変な男を引き寄せるって言っただろ？」

向こうの世界でのいろいろな厄介ごとを思い出して背筋にじわりといやな汗が滲む。

「手順を踏んだ恋愛っていうよりは、まず襲われそうっていうか……だからはっきり言って、恋なんてしたことないし、できるとも思ってなかったし」

そう、恋をする自分なんて想像したこともなかった。

「で、こっちでは？」

やはりそれが知りたくて、直央はもう一度尋ねた。

「ううんと……」

向こうの直央は困ったように首を傾げる。

「そっちだと何しろ、誰かに好きになってもらう前に存在を認識してもらうのが大変だし。自分からも……そうだね、どこかに『どうせ俺なんて』っていうのがあるから、誰かを好きになることもなかったかなあ」

どうせ俺なんて。

その言葉の裏には、さまざまな体験を積み重ねたあげくの諦めがある。

自分にとっては快適なこちらの世界だが、生まれたときから存在感がなくて印象が薄くて他人から無視されたりないがしろにされたり、ということが重なってたら、そういう気持ちになるものなのだろう。

「そっか」

直央《なお》は真顔で言った。

「理由は違っても、俺たち、やっぱり同じような感じなんだね」

目立ちすぎて辛《つら》かった自分と、目立たなくて辛かった向こうの直央。

傍《はた》から見れば正反対に見えるかもしれないけど、やはり根本は同じなのだ。

向こうの直央だって、ずっとずっと「生きづらさ」を抱えていたのだと改めて思い、こちらの世界で浮かれている自分が恥ずかしくなる。

それでも、向こうの直央にとっては生きづらかったこちらの世界が自分にとって心地よいのは事実で……同時に、自分にとってはあんなに生きにくかった世界で、生き生きとしている向こうの直央はすごい、とも思う。

「でもそういう感じなら……ちょっと違う気持ちで、恋愛とかもできるといいなあ」

こちらの世界でなら、できるかもしれない。

直央はそう言ってから、はっとした。

「あのっ、もしこのまま戻れないようならってことだけど」

うっかり、ずっとこちらにいる前提で考えてしまっていた。

すると、向こうの直央も慌てたように頷《うなず》く。

「う、うん」

その反応がやっぱり、なんだかとてもかわいい。

もしかしてもしかして、向こうの直央は……すでに誰かを好きになったりして……向こうの世界の方が生きやすくて……このまま、入れ替わったまま、生きていきたいと思っていたりするのだろうか。

それはあまりにも自分にとって都合のよすぎる考え方だとは思う。

けれど、もしそうなら……！

いや。

勝手に決めつけてはいけない。

それにそもそも、二人がそう願ったからといって、ずっとこのままでいられるのかどうか、それともいつの日かまた突然入れ替わるのか、それすらわからないのだ。

そう思った瞬間、直央は浮かれた気持ちがすうっと引いていくのを感じた。

そうだ……こちらで恋ができたとしても、その夜にはまた向こうに戻ってしまうかもしれないのだ。

そのとき……

「じゃあ、そろそろ」

向こうの直央が言った。

「明日は俺、休みだから。そっちは早番だよね。晩ご飯のあとくらいでいい？」

「あ、うん」

直央が頷くと、

「じゃあね、おやすみ」

向こうの直央はにこっと笑い、片手を振って、そしてカーテンを閉める仕草をする。

そして――

鏡には、自分の顔が映っていた。

どこか途方に暮れた、浮かれ気分に、水を差された顔が。

今までだって、入れ替わったのは自分のせいで、向こうの直央に申し訳ないと思っていたのは本当だ。

そして、戻る方法があるなら戻らないといけない、と思っていたのも。

だが、そもそも入れ替わったときのことを思うと、自分が強く「こちらの世界にいるのがいやだ、戻りたい」と思わないと……そしてたぶん、向こうの直央も同じような気持ちにならないといけないのだろう、という気がしていた。

本心からそう思わないといけないのなら……それは無理だ。

だからなんとなく、まだまだ……もしかしたらずっと、こちらで生きていけるかもしれないような気もしていたのだ。

だが、その前提が間違っていたら？

予想できないタイミングで、突然また、元に戻ってしまったら？

——怖い。

向こうに戻ったら、こちらでのことは全部なくなってしまう。

帽子もサングラスもマスクもなしに人混みに出かけたことも。

ストーカーや痴漢に悩まされないことも。

イルミネーションやテーマパークを楽しんだことも。

ホテルのラウンジでちょっと酒を飲んだりしたことも……いや、それを言うなら飯田《いいだ》との関わりすべてが。

あんなふうに、二人で何度も会話をした相手は、これまでいなかった。

それも相手が「厄介な美貌《びぼう》」の自分に対して下心を持っていない、と確実にわかる状況でなんて。

同時に、モブ顔で存在感がない扱いである自分にあんなふうに接してくれたこともまた、特別なことだったのだ、と思う。

そのすべてが、突然消え失せ、自分の記憶の中にだけ残るのだとしたら、寂しすぎる。

直央は急に気持ちが落ち込んでくるのを感じながら、のろのろと寝る支度をし、ロフトに上がって布団に入ると、天井を見つめた。

この天井は、元の世界と全く同じだ。

それなのに、目が覚めたら、向こうの天井なのかもしれない。

またあの、顔を隠してストーカーや痴漢に怯《おび》え、同僚たちには容姿のことで妬まれ嫌みを言われる生活に戻ったら……

そう思うと、眠るのが怖い。

だが、そうは思っても今日一日、テーマパークで遊んだり飯田と飲んだりして、身体《からだ》の方はかなり疲れている。

それに、眠らないと明日の仕事にだって差し支える。

……大丈夫、きっと大丈夫。

自分にそう言い聞かせながら直央は目を閉じ、そしてのろのろと眠りはやってきて——


ふと気がつくと、直央は電車に乗っていた。

いつもの癖でドア横の隙間に立っている。

(あれ……今日、出勤だっけ)

直央はぼんやりと考えた。

なんだか寝ぼけているようで、朝起きてから電車に乗るまでの記憶がない。

とりあえず車窓の景色は通勤ルートだ。

と、直央は臀《しり》のあたりに妙な感覚を覚えた。

さわ……と何かが臀部《でんぶ》を横切っていくような感覚。

これ、なんだっけ。

と、もう一度何かが触れた。

次の瞬間、臀の肉がぎゅ、と何かに摑《つか》まれた。

え⁉

直央はその瞬間、それが何かわかった。

痴漢だ……！

とっさに振り向くと、中年の男と目が合う。

ねばついた視線で、悪びれもせずににやにやと笑っている。

直央は慌てて周囲を見回したが、周りの乗客も同じようににやにやしながら直央を見つめている。

はっとして窓を見ると、そこに映る自分は、帽子もサングラスもマスクもない素顔だ。

まずい！

どうしてこんな無防備な格好で電車に乗ってしまったんだろう。

痴漢に遭うに決まってる。

そのとき電車が駅に着き、直央はそれがどこの駅かも確かめずにドアから走り出た。

するとそこには、見覚えがあるような数人の男がいて、直央を取り囲んだ。

直央はぎょっとした。

彼らは——過去に、直央の後をつけたり、暗がりに引っ張り込んだりして乱暴を働こうとした連中だ。

その連中が、駅のホームで直央を取り囲んでいる。

いや、駅のホームじゃない。

いつの間にかどこかの暗がりのようなところにいて、四方八方から手が伸びてくる。

逃げ出したいのに身体が動かない。

臀を撫《な》でられる。

背後から羽交い締めにされて、別の手で平らな胸を無理矢理鷲掴《わしづか》みにされる。

腿《もも》を撫で上げられる。

ウエストから入ってきた手にシャツを捲《まく》り上げられる。

股間をまさぐられる。

すべて、過去にされたことがあること。

気持ちが悪い。

こういうことが辛い世界から逃げ出したはずだったのに。

いやだ。

俺は、ここにいるのはいやだ。

ここは俺の世界じゃない。

俺がいたいのは、この世界じゃないんだ——!

「いやだ!」

そう叫んだ瞬間、自分の声で目が覚めた。

全身にびっしょりと汗をかいている。

夢だったのだ。

……いや、本当に夢だろうか?

慌てて枕元を探って手鏡があるかどうかを確かめようとして、直央は身体に力が入らないことに気付いた。

なんだか、おかしい。

しかし手はなんとか鏡を探り当て、まだ「こちら」にいるのだとほっとする。

手探りで時計を探すと、そろそろ夜明け近い。

恐ろしく喉が渇いているので、とりあえず水を飲みたい、と思う。

上体を起こすと、くらりとめまいがする。

身体を引きずるようにしてロフトの階段に足をかけ、力の入らない手でなんとか手すりを握って降りようとしたが、最後の二段くらいで足を踏み外してしまった。

床に尻餅をつく。

「いった……」

低い位置から落ちただけなので、どこか怪我《けが》をしたという感じはないが、それでもとにかく身体に力が入らない。

這《は》いずるように冷蔵庫に近寄って開けると、常備しているミネラルウォーターのペットボトルがあり、直央はそれを取り出した。

だが、手に力が入らなくて蓋《ふた》が開けられない。

「くっそ」

直央は呟《つぶや》き、ミニキッチンの縁にしがみついて立ち上がると、歯磨き用のコップに水道水を汲《く》み、飲み干した。

これ、絶対に熱がある感じだ。

だが体温計はない……向こうでも持っていなかったし、こちらにも見当たらない。

今日は出勤、早番だ。

あと二時間もしたら起きて支度をしなくてはいけないのだが、それまでの間、もう一度ロフトに上がる気もしない。

直央は、床に置いてあった、昨日買った熊のぬいぐるみを引き寄せた。

抱き寄せ、床に寝転がる。

布団代わりにはならないが、なんだか落ち着く。

何かを抱き締めるって、安心するんだ、と直央は思った。

このぬいぐるみに体温があったら、もっと安心するかもしれない。

このぬいぐるみが、優しく抱き締めて背中を撫でてくれたら。

このぬいぐるみが、ペットボトルの蓋を開けてくれたら。

このぬいぐるみが、ロフトから布団を降ろしてきてかけてくれたら。

このぬいぐるみが何か温かくておいしいものを作って食べさせてくれたら。

いや、ただこのぬいぐるみが「大丈夫か？」と優しく言ってくれたら、それだけでいい。

……ぬいぐるみじゃなくていいんだ、もちろん、と直央は思う。

こういう心細いときに頼れる「誰か」なら。

だが自分には誰もいない。

友人もいない。

両親も疎遠だ。

何より、こちらの世界にいる両親は、自分の本当の両親ではないし。

一人だ。

昨日テーマパークでは「お一人さま」を楽しむ余裕さえあったのに、今、ひしひしと孤独が迫ってきて、直央を押し潰そうとする。

この世界に、自分は一人きりなんだ……。

そう思うと、なんだか鼻の奥がつんと熱くなる。

それでも、だるさの方が勝って直央は再びうとうととし……

遠くで鳴る目覚ましの音で目を覚ました。

一瞬、自分がどこにいるのかわからなくてきょろきょろする。

床で寝ている。

目覚ましはロフトで鳴っている。

「うわ……起きなくちゃ……」

そう思って身体を起こしたが、やはりふらふらする。

喉は相変わらずからからだし、寒気もする。

起きて出かける支度をしなくてはと思うが、身体がどうにもこうにも重い。

とうとう直央は、これは出勤は無理だと諦めた。

幸い、ホテルは接客業ということもあり、体調が悪くても休めないほどブラックな職場ではない。

直央はこれまで常習的なずる休みなどしたことはない――はず、だ。

少なくとも向こうの世界ではそうだったし……二つの世界は、美醜の感覚に差がある以外、直央の生活じたいは変わりがないのだからたぶん、同じだろう。

直央はスマホを探し、ロフトにあるのだと気付いてなんとかよじ登り、まず目覚まし時計を止め、ロフトから掛け布団を投げ下ろし、それからスマホを持って階段をよじ降りてきて、職場に電話をした。

宿泊部門の事務室直通電話に夜番の男性が出たので、具合が悪くて休むことを伝え、電話を切ると……急にほっとして、またださがが襲ってくる。

本当は病院に行った方がいい……行くべきなのだろう。

ホテルの規定では、二日以上休むときは診断書が必要だ。

だが……今日は……無理。

ぬいぐるみを抱き、布団をかぶると、直央は目を閉じた。

目を開けると、カーテンの外はもう暗いのがわかった。

半日、眠っていたらしい。

起き上がってみると、床で寝ていたので身体は痛いが、ふらつきは少しおさまっている。

今度はペットボトルの蓋を開けられたので水を飲み、時計を見て、はっとした。

向こうの直央との約束の時間だ。

慌ててよろめきながらシャワーブースに入って鏡を見る。

なんだかやつれて、心細げな顔。

向こうの直央は少し遅れているのだろうか。

だるい身体を壁にもたせかけて待っていたが……向こうの直央は現れない。

どうしたのだろう。

これまでも、どちらかが急に残業を頼まれたり、電車が遅れたりして話せないことはあったから、そういう何かがあったのかもしれない。

だが……向こうの直央と話せないことで、直央の胸に、昨夜の心細さが再び蘇《よみがえ》ってきた。

向こうの直央とも話せないと……本当の本当に、自分には誰もいない、と感じる。

どちらの世界にいても、それは同じだ。

こんなに寂しくて心細いのは身体が弱っているからかもしれないが……本当に何か、自分の人生がむなしい、と感じる。

せっかく生きやすい世界に来たはずなのに。

結局どちらにいても寂しいのなら……やっぱり戻るべきなのだろうか。

少なくとも、「戻る努力」を。

だが。

こちらと向こうには、ひとつだけ、決定的な違いがある。

直央はスマホの画面を見た。

メッセージアプリ……入れてはいるけれど誰とも交流などしていなかったアプリの中に、一人だけ、「友だち」がいる。

飯田だ。

昨日、直央がテーマパークで撮った写真を欲しいと言われ、流れで交換したのだ。

だからといって本当に「友だち」になったわけではないし、個人的に連絡などされても飯田は困るだろう、と思いつつ……

直央はぽつぽつとメッセージを打ち込んだ。

「さびしいです」と。

だが送信はせずにすぐ消す。

次に「心細いです」「温かいものが食べたい」「誰かに側《そば》にいてほしい」と打ち込んでは消し、打ち込んでは消し、と繰り返しているうちに……

「いいださんに、あいたい」

そう打ち込んで、それが今の自分の本当の気持ちだと気付く。

誰か、ではなく……飯田に会いたい。

こんなに心細いときに、飯田がいてくれたら。

飯田が、穏やかな声で「大丈夫だ」と言ってくれれば。

いや、ただあの優しい目で、直央を見つめてくれさえすれば。

直央は画面を見つめ、ゆっくりと、「いいださん」を「飯田さん」に変換し、それから「あいたい」を「会いたい」と変換し、そしてそれを消そうとして——

「あ！」

気がつくと、送信を押してしまっていた。

「うわ、やばっ」

慌てて取り消そうとしたが、次の瞬間、既読がついた。

「やばい、ど、どうしようっ」

直央は慌てて「間違えました」とか「冗談です」とか追加で送信しようとしたのだが……

着信音が鳴った。

それも、聞いたことのない音だ。

あたふたとスマホをお手玉しながら、それがメッセージアプリの通話機能だと気付く。

飯田からだ……！

ど、どうしよう。

どうしようも何も、たった今メッセージを誤送信してしまったのだから、スマホが手元にあることはバレバレだ。

それに……飯田が電話をくれている、それが驚きとともに、嬉《うれ》しいのも確かだ。

直央はごくりと唾《つば》を飲み込み、そして画面をタップした。

「……も、もしもし……」

「友部か？」

それは、慌てたり焦ったりしている様子ではなく、穏やかで落ち着いた声音だった。

「今日、病欠だったな。具合は？」

まるで、たった今送ったメッセージなど見なかったかのように、病欠した部下を心配してかけてきた上司、という口調が直央を落ち着かせてくれる。

「あ、はい、あの、なんか熱っぽくて……」

「咳《せき》や喉の痛みは？」

「それはないです」

「声は大丈夫そうだな。何か食べたか？」

「冷蔵庫……ろくなものがなくて」

「わかった。三十分後に行くから寝ていなさい」

そんな言葉とともに通話が切れ――

直央は呆然《ぼうぜん》とした。

「今……行くって、言った……？」

三十分後に行く、と。

行くってどこに？

ここに？

本当に……⁉

「うわ、うわわ」

直央は慌てた。

見舞いに来てくれるということだろうか。

このマンションがわかるのだろうかと思ったが、飯田は直央の上司なのだから、連絡先や住所くらいはもちろん把握しているのだろう。

こんな狭いところに……しかもその狭い場所に、ぬいぐるみと掛け布団まである。

布団をロフトに上げた方がいいだろうか。

パジャマ代わりのTシャツと短パンから、まともな格好に着替えるべき？

だが熱を出して寝ている人間が外出するような格好をしていたら却《かえ》って変だ。

でも昨夜びっしょり汗をかいていたから、着替えたい。

直央はまだ少しふらつくのを感じつつ、頭は完全に舞い上がって、とにかく汗染みた下着とTシャツを取り替え、スウェットのパンツを穿《は》いた。

あとはどうするべきだろう。

寝ていなさいと言われても、布団を持ってロフトに上がってしまったらチャイムが鳴ってもすぐに出られないし、布団だけ上げると、もう寝ている必要もないくらい元気なのかと思われるし……いや、実際昨夜に比べればずいぶんよくなったような気がするのだが……

少なくともぬいぐるみはもう飯田に見られているので、こんなものを抱き枕にしているのかと呆《あき》れられずにすむ、などと見当違いのことを考える。

とりあえず水をもう一杯飲み、一度窓を開けて空気を入れ換え、それから布団を腰回りに巻き付けて床に座り込んでいると——

足音が聞こえた。

大股で力強い歩き方がわかる。

ドアの前で、止まる。

チャイムが鳴る、と思った瞬間に本当に鳴って、直央は飛び上がった。

心臓がばくばくする。

玄関のドアに駆け寄り、鍵を開ける。

向こうでの自分なら、相手が誰かも確かめずに鍵を開けるなんて絶対にしなかった……できなかっただろう。

だがここは、直央を狙《ねら》うストーカーなどいない世界、そして飯田がいる世界なのだ。

ドアを開けると――そこにはもちろん、飯田がいた。

「起きて大丈夫なのか？」

穏やかな問いに、直央はこくこくと頷く。

「も……たぶん、だいぶ……明日は出勤できそうで……ただ」

次の瞬間、直央の腹から「ぐうううううう」という音が洩《も》れた。

飯田が一瞬眉を上げ、それから吹き出す。

「前にもその音は聞いたな」

そう、最初に……仮眠室のストックからゼリー飲料を貰《もら》ったときだ。

恥ずかしい。

飯田は手に提げていたエコバッグを持ち上げて見せた。

「食べられそうなものを少し持ってきた」

そう言って直央にエコバッグを差し出しながら、軽く半歩下がる。

「え……帰っちゃ……？」

直央は思わず言った。

と、飯田はふっと笑った。

「心細い？　入ってもいいのなら、少し、いるよ」

その瞬間、直央は自分が送ってしまったメッセージを思い出した。

いいださんに、あいたい。

いや、変換して……飯田さんに、会いたい。

飯田はあれをどう思っただろう。一人暮らしで体調を崩した部下が、熱に浮かされて心細くて送ってしまった程度に思ってくれているだろうか。

えい、いずれにせよあれを見られてしまったのならもう取り繕いようはない。

そして、このまま飯田が帰ってしまうのは……寂しい。

それが本音だ。

「なんの……おもてなしもできませんけど」

直央の言葉に、飯田が吹き出す。

「見舞いに来たのにおもてなしはいらないよ。まあ、ここでドアを開けっぱなしで話しているのもなんだから、ちょっと寄らせて貰おうかな」

直央が下がると、飯田は玄関に入って靴を脱ぐ。

どうしよう、本当にあがってもらっちゃった、それでどうしたらいいだろう。

飯田は入ってきて、狭い室内を軽く見回した。

直央が掛け布団とぬいぐるみを壁際に寄せると、「ここで寝ていたのか？」と尋ねる。

「普段は上で……でも、ふらふらして、階段踏み外しちゃって……」

「ああなるほど、ロフトで寝ているとこういうときに困るんだな」

飯田は直央の視線を追ってロフトを見上げて言った。

「それで、熱は？　何度くらい？」

そう尋《き》かれて、直央は返事に困った。

「ええと……体温計はなくて……ただ、熱っぽいかな、って」

飯田ははたと気付いた顔になる。

「ああ、一人暮らしだとそんなものか。体温計も買ってくればよかった」

いえいえそんな、と思っている直央の顔を見ながら飯田はちょっと躊躇《ためら》い、

「おでこ、触ってもいいか？」

慎重な口ぶりでそう言った。

「え、あの、は、はい」

熱があるのかどうかみるためだろうとわかったので、直央が頷くと、飯田は直央の方にそっと手を差し出し、直央の額《ひたい》に掌《てのひら》を当てた。

ひんやりして気持ちがいい。

この人の手は、こんなに大きくて、こんなに心地のいいものなのか、とぼんやり思っていると、飯田はゆっくりと手を離す。

「微熱、という感じかな。たぶん一日でなんとか下がったんだろう」

そう言ってから、じっと直央を見つめる。

「きみは……他人に触られるのがいやなんだろうと思ったが、今は大丈夫だったか?」

「え」

直央ははっとした。

それは確かにそうだ、痴漢だのストーカーだのに悩まされ続けた直央は、他人に触られることがいやだし、怖い。

「どうしてそれを……?」

「イルミネーションのとき、私が声をかけてきみの腕を摑んだら、少しパニックになっていたから。その前に洗面所でふらついたときにも、確か」

「あ」

そういえばそうだった。

空腹でふらつき、飯田に支えてもらったとき、思わずその手を振り払ってしまった。

イルミネーションのときも、飯田だとはわからず、まだこちらの世界に慣れてもいなくて、ちょっと過呼吸になりかけたのだ。

さらに、人事の柳瀬《やなせ》が直央の背中を叩《たた》いて直央がびくっとしたときも、やんわり柳瀬をたしなめてくれたことを思い出す。

そして考えてみると……あのとき以外、飯田は自分に触れていない。

ホテルのラウンジで飲んだときも、一度も、偶然に身体が触れることすらなかった。

それはもしかして、直央が「触られるのが怖い」ことを見抜いて、慎重に距離を取ってい
てくれた、ということだったのか。

その飯田の気遣いに気付かなかった自分がうかつだし……そして今、飯田のひんやりとし
た掌は、心地よかった。

「大丈夫……です、気持ちよかったです」

そう言ってから、「気持ちよかった」は変だっただろうかと慌てると、飯田がふっと笑った。

「うん、私は平熱が低いからね。とにかく、きみは座りなさい」

そう言われて、狭い部屋の中に向かい合って突っ立ったままだったことに直央はようやく
気付いた。

床にぺたんと座ると、飯田が掛け布団の端を持って持ち上げる。

「これを肩からかけて、その熊を抱っこしているといいだろう。横になりたかったら遠慮な
く」

そう言って部屋を見回し、玄関横のミニキッチンに、持ってきたエコバッグを置く。

「キッチン、使ってもいいか？　電子レンジも？」

「大丈夫です、っていうか……あの、何を」

「何か温かくて滋養のあるものが必要だと思ったからね。すぐ食べられそうなものも買ってきたが、それはあとで食べればいい。ああ、鍋があるな。一人暮らしで鍋もないようだったら全部レンジでなんとかしようかと思ったが」

飯田はさらりとそう言って、キッチンで何かし始める。

直央は飯田に言われたとおりぬいぐるみを抱きかかえ、布団にくるまりながら、どこか呆然と飯田の動きを見ていた。

何か食料品の差し入れをしてくれるのだろうとは思ったが……まさか何か作ってくれるなんて。

バイトのまかないを別とすると、食べるものを誰かに作ってもらうなんて、何年ぶりだろう。

この人は……本当に、親切で、いい人で、温かくて、優しいのだ。

一人暮らしの部下が寝込んでいたら、誰にでもこんなふうにしてくれるのだろうか。

それとも……これは特別?

そんなことを思いかけ、いやいやうぬぼれるな、と首を振る。

だがとにかく、家の中に誰かがいてくれることが……そしてそれが飯田であることが、本当に嬉しい。

やがて、たったひとつしかない鍋を兼ねた深めのフライパンから、優しくおいしそうなにおいがたちはじめた。

「できた。ここでいいのかな」

飯田が、できたものをテーブルを兼ねた小さい机の上に置いてくれる。

おじやだ。

それが、直央の茶碗《ちゃわん》もお椀も兼ねた陶器のボウルに入っている。

味噌《みそ》仕立てのやわらかそうなご飯に、彩りの三つ葉がきれいだ。

直央の胃が急激に空腹を訴え始める。

「レンゲが見当たらないからスプーンで」

飯田はそう言って、ひとつしかない椅子の背を引く。

この狭いワンルームで、ホテルマンのサービスを受けている、なんだかシュールでくすぐったいシチュエーションに、直央は思わず笑ってしまう。

「ここに座っても大丈夫かな」

飯田はテーブルの脇にある、窓の下のちょっとした出っ張り——不動産屋は出窓と言い張っていた——に、軽く腰を下ろした。

「冷めないうちに食べなさい。それとも猫舌か？」

「いえ！　いただきます！」

直央は両手を合わせ、スプーンを手に取ると、おじやを口に運んだ。

優しい味。

そして、味噌の香りに加えてほんのり柑橘《かんきつ》系の香りもする。

「おいしい……これ……ゆずですよね……?」

「うん、今はフリーズドライのゆず皮があって便利だね」

飯田が頷き、直央は勢いよくおじやを食べ始めた。

食べながら、どうやら本当に腹ぺこだったのだと気付く。

おいしい。嬉しい。おいしい。嬉しい。

無我夢中で、気がつくとおかわりまでして、ぺろりと平らげてしまった。

「食欲があるのはいいことだ」

飯田は笑って器を下げ、今度はマグカップを持ってきてくれる。

その中には、湯気を立てているオレンジ色の液体。

「……これ……?」

「ビタミンC。ホットオレンジジュース」

飯田が悪戯《いたずら》っぽく言い、直央は「ホットオレンジ……?」と驚きつつおそるおそるマグカップに口をつけた。

最初に、鼻に優しい香りが来る。

口に含むと、酸味と甘みのほどよいミックス感。

確かにオレンジジュースなのだが、温かいというだけで何か不思議な、はじめて出会う飲み物、という感じだ。

「何これ、おいしい……いえ、ええと、何これじゃないですね、ホットオレンジジュースなんですね」

直央が自分の言葉のわけのわからなさに思わず笑い出すと、飯田も微笑《ほほえ》んだ。

「うん、やっと緊張が抜けたな」

直央は思わず飯田を見上げた。

そうか……自分はずっと、緊張していたのか。

「だって……飯田さんが突然来てくれたから……」

言いかけて、直央ははっと、自分が誤送信したメッセージを思い出した。

飯田さんに、会いたい。

うわ。

あんなメッセージを送っておいて、突然来てくれたも何もないもんだ。

「あの、あの、あのメッセージ……すみません、えっと、俺」

「うん、嬉しかった」

飯田の声音は驚くほど真面目《まじめ》だった。

「え……」

嬉しい、という言葉が意外で、直央が絶句していると、飯田が続ける。

「きみが誰かに頼る気持ちになってくれたのがね。きみを見ていて、なんというか……一人で頑張っている、という感じを強く受けていたものだから」

飯田はそう言って、直央の目をじっと見つ、低い声で尋ねた。

「……何かあったのか？」

「何か、って……」

それはもちろん、ありすぎるほどあるのだが……

「最近のきみは、以前のきみと違うね」

飯田が静かに断言し、直央はぎくりとした。

「違う、って」

まさか、直央が「別人」であることに気付いているのだろうか。

いや、そんなはずはない。

だが、飯田はどういう意味で言っているのか、それがわからないと返事のしようも、ごまかしようも、ない。

するとと飯田はゆっくりと続ける。

「以前のきみは……目立たないが仕事は確実にする、というくらいのイメージだった。目立たない自分を気に入っているわけではないが、ひどく悩んでいるわけでもないという感じで、淡々と仕事をしているという感じだった」

以前のきみ、というのは……入れ替わった、向こうの直央のことだ。

「だが最近のきみは少し違う……むしろ、少し変わったからこそ私はきみが気になるようになったのかな。きみは自分が他人からどう見えているのかを、以前よりも気にするようになって、それにきみ自身が戸惑っている、というか……それでいて、仕事は以前よりさらに丁寧で気遣いもできている」

そうだ、イルミネーションのときも、飯田はそんなようなことを言ってくれた。

以前の直央ではなく、この自分の仕事ぶりを評価してくれていた。

「……だが、それだけじゃない」

直央を見つめる飯田の目は、直央の目を突き抜けて、直央の内側を見ているようだ。

「きみは……世界が以前と違う、と言った。新しい目で世界を見ている、とあれがずっと気になっていてね」

直央は、心臓がばくっと跳ねたような気がした。

確かに……そういう話をした。

「そしてきみは、今までしなかったようなことを新たにはじめている。一人で人混みに出かけるようなことを。それは……きみの中に何か大きな変化があったからなのだろう、と思っている」

「あ……」

直央は、手が震えてくるのを感じ、両掌《りょうてのひら》をぎゅっと握り合わせた。

おかしなことを言ってしまって……飯田は何か疑っているのだろうか。

直央がどうかしてしまっているのではないか、とか。

だが待て。

イルミネーションのとき、飯田は確か「昨日までと違う目で世界を見る」経験があるかのような口ぶりだったのだ。

——まさか……！

まさか飯田も、どこか違う世界から来たのだろうか⁉

直央は思わず飯田をまじまじと見た。

そうだ、あり得ないことじゃない、自分に起きたことが、自分「だけ」に起きているのではないかもしれない。

飯田が直央を気にしてくれるのも、もしかしたら同じことが起きた人だからこそ、それを感じ取っているのかもしれない。

だったら……だとしたら……

「俺、実は」

言いかけて躊躇った直央に、飯田は促すような視線を向けてくる。

直央はごくりと唾を飲み込み、思い切って言葉を押し出した。

「ちが……違う世界、から、来たんです……」

直央は、飯田が「やはりそうだったのか」と言ってくれるような気がしたのだが……

「違う世界？」

飯田が驚いたように眉を上げたので、違った、と気付いた。

違ったのだ、飯田も同じかと思ったが、そうではなかったのだ。

だとすると、今の直央の言葉をどう受け取っただろう。

「あ、ええと、そうじゃなくて……ええと」

直央が慌てていると、飯田が窓辺から立ち上がり、テーブル越しに、直央の前に膝《ひざ》をついた。

直央の顔を見上げるその視線は穏やかで、直央を少し落ち着かせてくれる。

「大丈夫、ちゃんと聞くから。違う世界というのは、どういう世界のことだ？」

真面目に聞いてくれるのだ、と直央にはわかった。

おかしな人間のおかしな言葉を聞く、というのではなく……理解しようとしてくれているのが、わかる。

そして……言いかけてしまったのだから、もう仕方がない。

「あの、つまり……俺、目が覚めたらすごくよく似た、でも全然違う世界にいたんです……

平行世界っていうのか……」

「平行世界、うん、パラレルワールドだね」

飯田が頷く。

少なくとも、意味はわかってくれている。

「それは、きみが変わった、と私が感じたあたりなのか？　よく似ているのに、どうして違う世界だと思ったの？」

意味がわかって、そして理解しようとしてくれているのだ。

「違いは……あの、美醜の感覚が全く違うんです……」

直央が言うと、飯田はわずかに首を傾《かし》げる。

「美醜の感覚が？　どういうふうに？」

「あの、俺、こっちではその……モブ顔ですよね、目立たなくて、存在感がなくて、いるのかいないのかわからない」

「……まあ、なんというか、そういう感じかもしれないね」

ストレートに「そうだ」と言わないのは飯田の優しさだ。

「それが、そうではない世界から来たのか？　きみはその……モブ顔、ではなく？」

飯田の促し方は上手《うま》い。

「その……絶世の……美形、というか美貌、というか」

言ってから、直央は恥ずかしくて穴があったら入りたくなった。

自分の口からこんなことを言うのはそもそも気が進まないし、こちらの世界ではそれがどれだけ非現実的な言葉なのか、よくわかっている。

飯田も、理解しようとするように、ゆっくりと瞬《まばた》きをした。

「絶世の美貌。なるほど？」

「信じられないですよね……」

肩をすくめて直央は言ったが、飯田は真面目な顔で首を横に振る。

「そういう世界もあるかもしれない。それで、そちらは……向こうは、きみにとって居心地がよくなかった、ということなのかな？」

直央ははっとした。

「どうして、それが……」

わかるのだろう？　という直央が飲み込んだ続きの言葉を、飯田はわかってくれる。

「きみは、昨日までとは違う目で世界を見ていて、それが楽しいと言っていたからね」

イルミネーションのとき、そんな話もした気がする。

「……向こうでは、どんなふうに辛かったのか聞いてもいいかい？」

飯田が尋ね、直央は、飯田が直央の言うことを本気で聞いてくれるのが嬉しくて、ほっとしてもいた。

この人は、わかってくれるのだ。

「俺……美形なだけじゃなくて……変な、フェロモンみたいなものも出しているみたいで、変な男が寄ってくるんです。子どもの頃からすごくいろいろいやな目に遭って……ストーカーとか、痴漢とか……知り合いに襲われかけたりとか……」

「……それは、確かに辛いな」

飯田は眉を寄せた。

「だったら、普段の生活も大変だっただろう。仕事は？　よく似た世界ということは、同じ仕事をしていたのか？　日常や仕事でも厄介なことがあった？」

直央は頷いた。

「お客さまから触られたりとかはしょっちゅうで……高梨《たかなし》チーフとかにもいろいろ迷惑をかけて……普段も、帽子やサングラスは必須でした。それでも……痴漢とかには」

あの、赤の他人が遠慮なくいやらしい意図で触ってくる嫌悪感は、思い出すだけでも鳥肌が立つ。

「し、信じられないような話ですよね？　俺、こっちではこんなモブ顔なのに」

直央は自虐的にそう言ったが、飯田は首を振り……

「触られるのが怖いのはそのせいか」

低く、そう呟いた。

その瞬間、直央は確信した。

この人は本当に……わかってくれて、そして信じてくれている。

奇想天外な作り話だとか妄想だとか、そんなふうには思わないで……直央の言葉を信じてくれているのだ……！

直央は、喉の奥に熱い塊が込みあげてきたように感じた。

ぽろ、と目から涙が零《こぼ》れ、直央は慌てて腕でごしごしと目を擦《こす》った。

「ああ、そんなに擦ったらだめだ」

飯田が中腰になって直央の腕に片手を伸ばしかけ、触れるか触れないかぎりぎりのところで止めた。

直央も、中途半端に腕を目から離して飯田を見る。

目が合い——そして、止まる。

逸《そ》らせなくなる。

飯田の、直央を真《ま》っ直《す》ぐに見つめてくる目が、優しいのに力強くて、温かくて、直央の目を通して胸の中までも入ってくるような気がして。

誰かと、こんなに近くで視線を合わせたことが、これまであっただろうか。

視線を合わせたまま、飯田が直央の腕をそっと押し下げる。

「……こんなふうに、私に触られるのも怖いか？」

飯田が静かに尋ね、直央はかすかに首を振った。

怖くない。

だって……だって、飯田の手、だから。

自分に危害を加えようとしているのではないと、はっきりわかるから。

そのまま飯田は、間近で直央の顔を見つめる。

「……美貌、と言われると、私の……というかこの世界の価値観かな？　では、そうではないかなと正直思うけれど」

わずかに笑いを含んだ声でそう言うが、瞳は真剣だ。

「じっくり見ると、地味だけれど好感の持てる顔立ちだと思うし、きみの言う変なフェロモンというのが……」

一度言葉を切り、わずかに目を細める。

「最近のきみの、迷子の子どものような顔と、自由で解き放たれた雰囲気が混ざった不思議な雰囲気が、どこから来るのか知りたい……この目の奥に何があるのか、そしてこの唇の温度がどんなものなのか知りたい、と思わせるものなら、わかるような気がする」

直央はぼうっとしてその言葉を聞いていた。

迷子の子どものような顔と、自由で解き放たれた雰囲気。

そう、確かに自分は、こちらに来てから自由で解き放たれたように感じていて……その反面、ずっとこちらにいてもいいのだろうかという罪悪感とか、どちらの世界にいてもひとりぼっちだとか、そういうさみしさもあって、それを「迷子の子ども」と言われるとまさにそうかもしれない、と思う。

だが……

唇の温度、というのは……？

直央は思わず、飯田の唇を見てしまった。

少し色の薄い、そしてちょっとばかり横に長い……以前の直央だったら「バランスが悪い、ちょっと残念な唇」と思ったはずの、目の前の飯田の唇が、なんだかとてもクールなのに優しい飯田の雰囲気そのもののようで……そして、なんだかセクシーにすら見えて……

セクシー、などという単語が自分の頭に浮かんだことに直央は驚いて固まった。

そして、にわかに心臓がばくばくと走り出し、頰《ほお》が熱くなってきたことにも。

飯田の目がさらに細くなり、そして顔が近付くと――

唇と唇が、触れた。

直央は目を開けたまま、しかし視界には霞《かすみ》がかかったように感じながら、飯田の唇が自分の唇よりも少しひんやりしていて、そして思ったよりもやわらかくて……触れ合ったところから全身に泣きたくなるほどの優しさが広がっていくのを感じていた。

触れ合ったときと同じようにそっと唇が離れ……

飯田が、直央と視線を合わせて、囁《ささや》くように尋ねる。

「怖いとか……気持ち悪いとか、思うか？」

直央はぶんぶんと首を横に振った。

これまで変な男たちに触られたのとは全然違う、同じ「身体の一部が触れる」行為なのに、全く違うものだとわかる。

それは……それは、飯田がなんというか、直央の「内側に触れる」ために唇を合わせたように感じるからだ。

そして、直央自身も……触れられたくて、触れたくて。

「こういうことそのものを、きみが拒絶しているんじゃなくてよかった」

飯田が微笑み、直央は頭の中で「こういうこと」を「唇を合わせること」と理解し、そしてそれをさらに「キス」と変換し——

「あっ……あのっ……俺っ」

頭の中が爆発したようにかっと熱くなるのを感じた。

「あ」

飯田がはっとしたように、直央の額に掌を当てる。

「すまない、熱が上がってしまったか」

確かに全身が火照《ほて》り、頭がぼうっとして、なんだか何も考えられない。

「とにかく寝ていなさい」

飯田は苦笑しながらそう言って小さなテーブルを回り込むと、椅子からひょいと直央を抱き上げて床に降ろし、ぬいぐるみを抱かせ、掛け布団で直央をくるみこんで横たえる。

「あとで温めればいいようなものを作っておいていいか?」

飯田が、「いい」以外の返事は受け付けない、という口調で言って立ち上がり、テーブルの上の食器を片付け、キッチンに運ぶ。

慣れた手つきで洗い物をし、それからキッチンでさらに何か作っているらしい飯田の姿を、直央は呆然と見つめていた。

キス、した。飯田と。

その事実と、飯田の唇の感触が、頭の中でぐるぐるして、そして身体がさらに火照る。

飯田はどうしてキスなんてしたのだろう。

こちらの世界に来ても、自分には、あの「変なフェロモン」があるのだろうか?

そうは思えない……あるとしたら……飯田だけが感じるのだろうか。

直央の「迷子の子ども」みたいな、そして「自由で解き放たれた雰囲気」を感じ取った飯田にだけ作用するような変なものが?

だとしたら飯田にも……そういうことを直央に「いやだ」と思わせない、それどころかもう少し長くてもよかった、などと思わせる変なフェロモンがあるのだ。

直央がそんなことを思いながら見つめていると、飯田が手を拭《ふ》きながら直央の方に戻ってきた。

「鍋に具だくさんの野菜スープを作っておいた。あとはレンジで温められるおかゆ。明日も無理そうならもう一日休みなさい。私はこれで帰るから」

「え」

直央は思わず声をあげていた。

帰ってしまう……いなくなってしまう、飯田が。

いや、それはそうだ、飯田にだって自分の生活とか、自分の晩ご飯とか、明日の仕事とか、いろいろあるのだから、これ以上甘えるわけにはいかない、いかないのだが。

「……そんな目で見ないんだよ。病人相手にこれ以上の無茶はしたくない」

飯田は苦笑して、ちょっと身を屈《かが》めて直央の額に軽く唇をつけると、立ち上がった。

「じゃあ、おやすみ」

そう言って、直央が返事もできずにいると、玄関まで行って「鍵を閉めなさい」と言いながら片手を振り、そして出て行く。

閉まったドアを、直央は呆然と見つめた。

——これ以上の無茶って……何!?

直央が知識としては知っているけれど経験など皆無なあれこれ!?

いやいやいや、まさかそんな意味で言ったのではないだろう、相手はあの、クールな飯田だ。

だが他に思いつかない。

そして額には、唇の感触が残っている。

ひんやりしているのに温かい、唇。

今のも……キス？　唇と唇ではないけれど、キス？

「あ……」

直央は思わずため息をつき、そして全身がなんだか熱いと感じて、身体をもぞもぞと動かし――スウェットパンツの、あらぬ部分が持ち上がっているのに気付いてぎょっとした。

これはなんだろう⁉

いや、直央だって成人した男で、生理的な現象としては知っているし経験もある。

だが、飯田の唇を思い浮かべてこんなことに。

「うわわわ」

直央は慌てふためいて立ち上がり、部屋の中をぐるぐるし、それからはっと思い出して玄関の鍵をかけ、キッチンの鍋に具だくさんのスープが湯気を立てているのを見てそこに立っていた飯田の姿を思い出し――

それから再び、掛け布団を頭から被《かぶ》った。

全身の熱とともに、股間の熱もおさまらない。

こういうこと……性的なこと、性欲というものを、ずっと嫌悪していたはずなのに。

いや、嫌っていたのは、見知らぬ男たちが、直央の容姿だけに惹《ひ》かれて向けてくる性欲であって……気持ちが伴う性欲とは違う。

気持ち。

「えっと……俺……」

先に存在して、あとから性欲を連れてくる「気持ち」って。

好き？

飯田のことを……そういう意味で……？

それ以上突き詰めて考えようにも、身体の熱が思考を邪魔する。

直央は無意識に、スウェットパンツのウエストから手を差し入れていた。

昂《たか》ぶったものを握り、ぎこちなく擦る。

自分でこんなことをするなんて、ほとんどなかったのに。

止まらない。

「んっ……っ」

飯田の唇を、飯田の瞳を、飯田の声を思い浮かべながら直央はせわしなく手を動かし——

あっという間に、ぬるついたもの手に放っていた。

翌日、熱はすっきりと下がり、飯田が作ってくれたスープを温めて食べ、直央は完全に元気になって出勤した。

少なくとも……身体は。

心はなんというか、もやもやというか、むずむずというか、なんとも落ち着かない。

いったい、昨日起きたことはなんだったのか。

飯田が来てくれたこと。

もちろん「会いたい」などとメッセージを送ってしまったのは自分だが、飯田は不思議と、それについては何も言わなかった。

だが、あれを見たのは確かで……そして、来てくれた。

もちろん嬉しかったし、流れで「別世界から来た」なんてことを打ち明けてしまっても、飯田はそれこそ不思議なくらい、ちゃんと受け止めてくれた。

そこまではいい。

だがそのあと、なぜか飯田とキスをする展開になり……そして飯田はあっさり帰ってしまった。

混乱している直央を残して。

そして直央はあろうことか、その飯田の瞳や声や唇の感触を思い浮かべながら自慰をしてしまい……

「うわぁ」

あまりの恥ずかしさに、直央は電車の中で声を出しそうになる。

恥ずかしい恥ずかしい恥ずかしい。

飯田がどんなつもりでキスなんかしたのかもわからないが、あのとき、自分は拒否するどころか……心のどこかで、望んでいたように思う。

いったい自分のこの気持ちはなんなのか。

考えるまでもない……飯田が、好きなのだ。

それは、直央にもはっきりとわかっていた。

こちらの世界でならできるかもしれないと思っていた恋を、自分は本当にしているのだ。

では飯田はどういうつもりだったのだろう?

まさか飯田も自分を……なんて、うぬぼれたことは考えられない。

軽い悪戯のようなもの?

それとも、具合が悪い直央の打ち明け話を聞いて、慰めるとか、気を紛らわせるとか、そんなつもりだったのだろうか。

ぐるぐる考えているうちに、ホテルに着いてしまう。

入館証を受け取り、ロッカールームに行き、身支度を調え、申し送り表をチェックしてから表に出る。

スイートの客を確認し、長期滞在の二人に朝の挨拶《あいさつ》がてら朝食を届け、チェックアウトが早い客に連絡を入れて、何時に荷物を運べばいいか確認する。

そんないつもの流れを、淡々とこなしている自分が不思議なくらいだ。

飯田に会ったらどんな顔をすればいいのかと思っていたのだが……飯田は何か会議があるらしく、目につくところにはいなかった。

おかげで少し落ち着き、とにかく余計なことを頭から振り払ってひたすら仕事をしていると……

「友部《ともべ》」

スイートの客を送り出してエントランスからロビーに戻った直央に、フロントの社員が声をかけた。

「はい」

何かスイートの客に関することだろうか、と直央がフロントに近寄ると……

「区切りがついたら宿泊事務室に。飯田主任が呼んでる」

思いがけずそんなことを言われ、心臓が止まりそうになった。

次の瞬間には、おそろしい勢いで心臓が走り出す。

「わかりました、ありがとうございます」

直央はそう言ってその場を離れながら、常にポーカーフェイスでいることを余儀なくされ、表情筋が退化しかけているような生き方をしてきたことを、はじめて「よかった」と思う。

そう……直央の表情を読み取れるのは、飯田だけだ。

そしてその飯田は、なんの用事だろう。

昨日のこと？

キスしたことの口止めとか……まさか謝られたりしたら最低だ。

それは飯田が後悔しているということだからだ。

それとも「別世界から来た」という話について、改めて直央の正気を確認するとか。

正気じゃないと確認して、クビ、とか。

想像は次第に悪い方へ悪い方へと向かい出す。

事務室の扉をノックして開けると、「ああ、来た」と立ち上がったのは人事の柳瀬だった。

「飯田さん、友部くん来たよ」

奥を向いてそう呼ぶと、飯田も自分のデスクから立ち上がる。

——柳瀬も絡んでいるということは、仕事の話だ。

直央は少しほっとした。

だがまだ、「クビ」という言葉は頭の中に引っかかってはいる。

「じゃあ、またあっち」

柳瀬が言ったのは、廊下の反対側にある談話スペースのことだ。

直央が廊下で待っていると、すぐに柳瀬と、続いて飯田が出てくる。

飯田が直央を見て、直央はどきっとした。

飯田はわずかにふっと目を細め、それだけで直央には「悪い話じゃないから大丈夫」なのだとわかり、少しだけ落ち着く。

先日のようにソファに向かい合って座ると、柳瀬が切り出した。

「スイート担当はどう?」

「あ……なんとか、頑張っています」

「うん、お客さまからの評判もいいよ。今日も、宿泊後のウェブアンケートに『名前と顔はよく覚えていないが担当者のさりげない気遣いがよかった』というのが来ていた」

直央は嬉しくなった。

顔と名前は覚えていなくても、サービスは覚えてくれている。

それはサービス業の真骨頂、という気がする。

「ほら」

飯田が柳瀬に言った。

「今のを聞いて、がっかりするのではなく嬉しそうな顔をするのが彼なんですよ」

「なるほどね……というか、それは嬉しそうな顔なんだね」

柳瀬が苦笑いする。

柳瀬にはよくわからない直央の表情が、飯田にはわかるということだ。

「それでね」

柳瀬が口調を変えた。

「きみは学生バイトからフルタイムのバイトになっていて、これは就職活動がうまくいかなかったから、ということだよね」

フルタイムになるときに説明してあることだから、これは確認だ。

「はい」

直央が頷くと、柳瀬が続ける。

「それで、何か希望の職種があるんだね？　まだそちらに挑戦して、就職活動を続けているのかな？」

直央は面食らった。

これはどういう趣旨の質問なのだろう。

もともと、自分もこちらの直央も、旅行業界を希望していた。

子どもの頃から旅行の企画を立てるのが趣味で、そういう仕事をしたかったのだ。

だが向こうでは直央の「厄介な美貌」が、こちらでは「薄すぎる存在感」が、夢を叶《かな》える邪魔をした。

中途採用ではさらにハードルが上がるだろう、ということもわかっている。

そして二人とも……なんとなく現実と折り合いをつけ、せめてホテルの仕事で「旅」の空気感を味わうことで満足し、夢を諦めかけていたのだ。

「そう……ですね、もう、そちらは難しいかなと思っています」

直央が躊躇いながら答えると、

「だったら、うちで正社員にならないか？」

柳瀬が尋ねた。

「え⁉」

思いがけない言葉に、直央は絶句した。

正社員？　うちで……つまり、このホテルで？

フルタイムのバイトから正社員へのハードルが決して低いとは言えないこのホテルで、正社員にならないか、と……？

思わず飯田を見ると、飯田は真面目な顔で頷く。

「これは、きみの仕事ぶりへの正当な評価だ」

仕事ぶりへの評価。こちらの世界で、だがこちらの直央ではなく、「自分」への。

「どうかな」

柳瀬が尋ね、直央は「はい」と喉元まで出かかったのを、はっとして抑えた。

これは……勝手に、返事をしてもいいことなのだろうか。

ベルボーイからスイート担当への部署替えとは重みが違う。

生活が……それこそ保険証や給与体系、万が一辞めることになったときの手続きから、何もかもが変わる。

直央が考えたのは、「向こうの」直央のことだった。

向こうの直央から、正社員登用の話があるとは聞いていない。

もしかしたら少しずれてそういう話になるかもしれないが……そうなったとき、向こうの直央がどう返事をするのか、わからない。

これは、一人で勝手に決めてはいけないような気がする。

考えたくはないが、万が一、突然二人が元の世界に戻ってしまったときに、戸惑わないようにしないと。

向こうの直央に、ひとこと「正社員の話がある」と言っておくだけで、心構えが違うはずだ。

「友部くん？　もしかして、気が進まないかい？」

柳瀬が尋ねた。

「突然ですし、少し考える時間が必要では？」

横から飯田が言ってくれ、柳瀬も頷く。

「もちろん断ってもいいんだ、これはただの提案だから。断ったからといって何かきみに不利な状況になるわけではなく、これまで通りだ」

「ということだ。考えてくれるね？」

飯田が直央に尋ねたので、直央は慌てて頷いた。

「もちろんです、嬉しいお話なので……でもちょっとだけ、時間をください。ありがとうございます」

ぺこりと頭を下げると、柳瀬が頷いて立ち上がった。

「うん、じゃ、一週間待つから、腹が決まったら私か飯田さんに言って」

柳瀬がそう言いながら片手をひらひら振って立ち去り、直央は飯田と二人、談話スペースに取り残された。

飯田と二人。

そう思った瞬間に、なんだか気恥ずかしくなる。

いや、今は仕事中なのだから、プライベートで起きたことは考えない……いや、そもそもあれはプライベートなのだろうか、上司が、熱で休んだ部下の見舞いに来てくれたことは。

だが業務でキスはしない……もちろん。

ああ、だめだ、またいろいろ頭の中でぐるぐるしてくる。

視線を合わせたら頬やら耳やらが赤くなりそうな気がして、俯《うつむ》いたまま顔を上げられないでいると、

「悩む理由は、もう一人のきみのこと？」

飯田が、仕事用の抑えたやわらかい声で尋ね、直央ははっとして顔を上げた。

飯田は、あの理想のホテルマンが浮かべる仕事用の笑みではなく、穏やかな……しかし気遣うような表情を浮かべている。

そう、この人は、直央の「事情」を知っている人だ。

直央は小さく息を吸って、気持ちを落ち着かせた。

「……はい、相談してみないと」

「うん、そうなんだろうね」

飯田が頷き、そして一瞬躊躇ったように見えたが、思い切ったように口を開いた。

「もしきみが――」

その瞬間、飯田ははっと胸ポケットに手をやった。

急いで取り出したのは、館内連絡用の貸与スマホだ。

音声ではなく文字メッセージだったらしく、さっと視線を走らせると、飯田は立ち上がった。

「行かないと。いい返事を待っているよ」

そう言って飯田は頷くと、急ぎ足で立ち去っていく。

取り残された直央はほうっとため息をついた。

飯田の態度は変わらない……あんなことはなかったかのような、落ち着いた態度。

どぎまぎしているのは自分だけだ。

そう思うとすうっと身体の奥の熱が冷めてきた気がして、直央は急に恥ずかしくなった。

あんなことは、飯田にとってはなんでもないことだったのかもしれない。

部下の見舞いに行くことなんて。

じゃああのキスは……もちろん、誰にでもするわけではないだろう。

それでも直央にキスをした——正確には直央「と」キスをした、のは……自分が物欲しそうな顔をしていたからではないだろうか。

それで、なんだかアクシデント的に、あれが起きた。

だとするとあれは、自分のせいなのかもしれない。

飯田が「なかったこと」にしたいのなら、そうするべきなのだろう。

無理矢理そう思い込もうとすると、胸をぐりぐりと固いもので押されているように痛む。

と、廊下を事務室の社員らしい男性が通りかかり、直央の制服を見て「こんなところで何をしているんだ」という顔をしたので、直央は慌てて立ち上がった。

とにかく、向こうの直央に相談しないと。

そう思って、夜、直央はシャワーブースの鏡の前でスタンバイした。

昨日は何か都合が悪かったのだろうと思ったのだが……今夜も、向こうの直央は現れなかった。

どうしたのだろう。

二日続けて会えないなんて、これまでなかったことだ。

何か、よくないことがあったのではないだろうか。

家に入れない……家に帰れない……ような、何かが。

その「何か」の心当たりは、直央にはありすぎるほどある。

事故にでも遭って入院してしまった、ということもあるだろうが……事故以上に危険なのは、向こうの世界での、直央の美貌だ。

しつこいストーカーが出現して家を知られてしまったとか。

襲われて怪我でもしたとか。

まさか、まさか、誰かにさらわれて、監禁でもされているとか——！

あり得ないことではない。

直央自身、そういう危険を危ういところで逃れながら生きてきた。

それでも、自分は子どもの頃からそういう危険にある意味慣れていて、回避術も身につけてきている。

だが、向こうの直央は違う。

モブ顔の、存在感のない人間として生きてきて、いきなり自分が危険な美貌である、なんて世界に放り込まれて。

いくら自分が注意をしたって、慣れていないのだから完全に防備なんてできるはずがないのだ。

幸い今までたいしたことはなかったし、向こうの直央もそれなりに楽しそうに生活しているようだったので、直央も油断していた。

だが、あれが……自分に心配をかけまいとして、平気なふりをしていたのだったら？

自分たちは基本的に同じ人間で、相手の気持ちがわかるような気がしていたけれど、そう思っていたのは自分だけで……入れ替わったのが自分のせいだと罪悪感を抱いている自分に負担をかけまいとして、向こうの直央が危険な目に遭っても隠していたのだとしたら。

想像は、どんどん悪い方へ向かっていく。

そして翌晩も、その翌晩も、向こうの直央は現れなかった。

もう間違いない。

向こうで、何か起きたのだ。

五日目、とうとう直央は確信した。

自分が、こちらの世界で飯田が言ったように「自由で解き放たれた」生活をしている間に、向こうの直央に非常事態が起きたのだ。

どこかに監禁されて……男に、もしくは男たちに、いいようにされて……もしかしたらクスリでも打たれて、売り飛ばされたりしたのかも。

飯田のことで浮かれている場合ではなかったのだ。

どうしよう。

まさか命を落とした、なんてことはないと思いたいが……助けも呼べない状況であるとしたら。

自分には何もできないのだろうか。

向こうの直央は、今すぐにでもこちらの世界に戻りたいと思っているだろうに。

今この瞬間も。

そう考えた瞬間——直央ははっとした。

ちょっと待て。

そもそも自分たちはどうやって入れ替わったのだった？

自分が、いやなことだらけの状況で、最悪な一日を送って、「どこか別の世界に行きたい」と強く願った……たまたま向こうの直央もその日、自分ほどではないにしてもちょっといやなことが重なって、いやな気分になっていて。

それで二人の気分がシンクロして……入れ替わった。

と、想像している。

同じような平行世界は他にもあるのかもしれないが、その中で「いやな気分」を共有したのが、「あの」直央だったのだ、と。

では、向こうの直央が「戻りたい」と強く願っているのだとしたら。

それなのに自分が「戻りたい」と思わないので戻れないのだとしたら。

直央は、頭からざぶんと冷たい水をあびせられたような気持ちになった。

なんてことだろう。

向こうの直央に何か起きているのに戻れない……そしてそれが自分のせいだとしたら。

だめだ、なんとかしないと。

そもそも入れ替わったのが事故みたいなもので、間違いなのだとしたら、その間違いは、ただささないといけない。

ほんの短い期間だとしても、「厄介な美貌」を持たない「モブ顔の、存在感のない自分」として生きられたことは、ありがたいと思わないと。

これは自分の責任だ。

もちろん直央にも、どうすればいいのかわかっているわけではないが……

戻りたい、とは思えなくても「戻らなくては」と思ったら……どうだろう?

戻らなくてはいけない、戻るべきだ、と強く、本気で念じたら。

今この瞬間にも、二人は元の世界に戻るかもしれない。

そして向こうでの自分は、何かとんでもない状況に置かれているかもしれない。

その状況から逃れられないのも自分の責任だ。

「でも……」

直央は、手が震えてくるのを感じ、その手をぎゅっと握りしめた。

でも、今すぐ……ではなくて。

こちらの世界でもう一つだけ、心残りがある。

それをすっきりさせないと、心から「戻らないと」とは願えない気がする。

「ごめん、もう一日だけ待って」

直央は声に出して、自分に言い聞かせるように、そう言った。


出勤した直央は、飯田を探した。

先日、正社員登用の話をして以来、飯田とは顔を合わせていない。

上司とはいえ、飯田は宿泊部全体の主任で、間に客室係のチーフもいるし、確認表などの共有システムもあって、仕事に影響はない。

それでも日に一度か二度は動線が合って顔を合わせるのが自然だと思っていたので、全く顔を見ない日が何日も続くのはちょっと不自然な気はしていた。

避けられている……のかも、しれない。

そう思うと、飯田を探して話をするのにも腰が引けるが、そうも言っていられないのだ。

だがその日は、裏動線のエレベーター前でばったり飯田に会った。

「おはよう」

何ごともなかったように飯田が先に挨拶をする。

「おはようございます」

直央も急いで挨拶を返し、それから、「言いたいこと」をどう切り出そうかと一瞬迷った隙に、飯田の方が言った。

「今日は確か早番だね。夜、空いてるか？」

「え⁉」

直央は思わず素《す》っ頓狂《とんきょう》な声を出してしまい、慌てて周囲を見た。

幸い、誰もいない。

「あの、ええと、はい」

思わず頷くと、飯田がふっと目を細めて微笑む。

仕事用の、完璧なホテルマンとしての笑みではなく……ちょっと秘密めいた、悪戯っぽい笑みに、直央はどきっとした。

「じゃあ、夜、またちょっと付き合ってくれないか」

また、という言葉に、直央はもしかしてまた、あの「個人的な偵察」だろうと思った。

どこかの同業他社のサービスを見に行く。

それならそれでいい、自分がしたい話もできる。

「はい」

直央は頷いた。


その日、従業員用出入り口を出たところで待ち合わせ、そのまま電車に乗って出かけたのは、先日とは違う駅、やはり外資系の新しいホテルだった。

「ここの中華が、ヌーベルシノワでちょっと面白いと聞いてね」

道々、必要最低限以外は特に会話をすることもなく、窓際の席に着いて、直央ははじめて飯田の顔を正面から見た。

「腹は減っている……ね？　注文は私がしていいかな？　酒も適当でいい？」

その店は中華だというのにしつらえは洋風で、しかしメニューは漢字の羅列だったので、直央は「お任せします」と頷いた。

先日行った違うホテルのラウンジでは、なんとなく支払いを申し出そびれてしまったし、今日は払うつもりでいたのだが、格段に値段が違いそうでそわそわする。

すると飯田が直央を見て微笑んだ。

「落ち着かなさそうだね」

「ええ……あの、高そうだな、って」

「まさか、自分のぶんを払おうと思っていた？」

飯田は苦笑した。

「きみは気にする必要はない、これは私の私的経費で、いわばきみには付き合ってもらっているわけだから」

自分に気を遣わせまいとしてそう言ってくれているのだろうし、ここで「払う」と言い張っても、飯田は直央の給与だって知っているのだから受けてはくれないだろう、と直央は腹をくくった。

やがて運ばれてきた食事は、フレンチ風に一皿ずつサービスされる、すべての料理が何かしらの風景や植物や動物をかたどっている、素材の見当もつかないものばかりだった。

そして、すべてがおいしい。

飯田は料理もさることながら、やはりサービスが気になるようで、露骨になりすぎないような視線でウェイターの動きなどを追っているのがわかる。

「きみは、こういう場所に来ることに、ある程度慣れているのかな」

食事を進めながら、飯田が尋ねた。

どういう意味で……だろう、と直央が戸惑っていると、飯田が言葉を継ぐ。

「マナーを知っているし、物怖《ものお》じもしない、ごく自然に振る舞って、食事を楽しめていると思ってね。先日のラウンジでもそう思った」

そういうことか、そういうふうに見てくれるのか、と直央は思った。

「子どもの頃、両親と……あ、両親は離婚しちゃってるんですけど、まだ仲がよかった頃、記念日とかにはこういうところに来ていたんです。だからホテルっていう場所の空気感は……わりとわかるし、好きかなって」

直央は説明した。

「バイト先にホテルを選んだのもそういう理由？」

飯田がさらに尋ね、直央は頷く。

「はい。それとまあ……清掃だと人と接触しないですみますし」

「ああ、そういう苦労があったんだな」

飯田が頷く。

飯田が直央のことを尋ねてくれるので、直央も飯田のことを知りたくなる。

「飯田さんは？　やっぱり子どもの頃からホテルって好きでしたか？」

「私？」

今度は飯田が、わずかに戸惑ったような顔になり……

「いや」

あっさりと首を振った。

「子どもの頃のことは……どうかな、まあ、私のことはどうでもいい」

直央は、はぐらかされたような気がした。

飯田は直央のことを尋ねながらも、自分のことを話してくれる気はないのだ。

直央のことを尋ねるのも、直央自身に興味があるのではなく、あくまでも食事中の会話として選んでいるだけなのだろうか。

なんとなく、飯田は自分に対して心を開いてくれているのだろう、という気もしていたのだが……そうではないのか。

ちり、と胸の奥が痛んだような気がしたが……

「きみはもしかして、もともと左利き？」

飯田が突然尋ね、直央は驚いた。

「え……っていうか……両利き、みたいな感じらしくて」

鉛筆も箸も、子どもの頃はどちらでも持てた記憶がある。いつの間にか「右利き」として落ち着いたものの、左手を使うのは今も割と得意だ。

だがそんなことを他人に気付かれたのははじめてだ。

なんと言ってもこれまで、他人は直央の容姿しか見ていなかったからだが……飯田は直央を見ていて、そんなことに気付いてくれたのだ。

わずかに落ち込んだ気持ちが、また浮上する。

「今も、その気になれば左手で字も書けます、ちょっと下手《へた》になるけど」

「右手を怪我してもそんなには困らないというわけか」

飯田が笑い、空気が和む、
そうやって、料理がある程度進むまでは、あたりさわりのない会話を続けていたが……メインが終わると、飯田がふと真顔になり、直央をじっと見つめた。

「それで？」

「え……えと」

直央は戸惑った。

それで……というのはどの話の続きだろう？

食事中の他愛もない会話のことではないと、直央にはわかる。

だとしたら、たぶん。

「正社員の話……ですよね」

返答期限と言われた一週間は、間もなく終わってしまうのだが……

「ちょっと……まだ」

直央が言葉を濁すと、飯田は首を振った。

「そうじゃなくて……いや、それも含めてだが、何か悩みがあるのかい？　ここ数日、浮かない顔をしている」

直央ははっとした。

「すみません、仕事中に、顔に出ていましたか」

「いや」

飯田は穏やかに首を振る。

「きみは、なんというか……以前こちらにいた友部よりもポーカーフェイスのようだから、他の人やお客さまに気付かれてはいないだろう」

以前こちらにいた友部。

つまり飯田はまだちゃんと、直央の話を信じてくれている……ということだ。

そして飯田だけが、直央の様子に気付いてくれていた。

直央の方ではここ数日飯田を見かけないような気がしていたのに、飯田はどこかからか直央を見ていたのだ。

「……実は」

直央は、思い切って口を開いた。

「正社員の話……向こうの俺にも相談しなくちゃって思ってるんですけど……もう何日も連絡が取れなくて」

「連絡？　そもそも連絡が取れているのか？　どうやって？」

飯田が驚いたように身を乗り出してきたので、直央は、そこまでは説明していなかったのだと思い出した。

「鏡なんです」

直央は、そもそも向こうでは鏡が大嫌いでシャワーブース以外に鏡はなく、それもシャワーカーテンで塞いでいたこと、鏡の存在で別世界と気付いたこと、などを話した。

そして唯一共通する、そのシャワーブースの鏡越しに向こうの直央と「会える」ことも。

「その彼が……向こうの友部が現れない……それは心配だね」

飯田が眉を寄せる。

「そうなんです……だからきっと、何かあったんじゃないかって……こうなったのは俺のせいなので、戻れるものなら戻らなくちゃって」

「……戻るあてがあるのか？」

飯田が尋ね、直央は頷きかけ、それから首を振った。

「たぶん、なんですけど……向こうの俺は絶対に戻りたいと思ってるはずだから、俺が……

この俺が、戻りたいと思うか……戻らなくちゃ、って強く思えば」

「……なるほど」

飯田は考え込み、切り子のグラスに入った紹興酒《しょうこうしゅ》をひとくち飲んだ。

「それはきみの……義務感、なんだな。正社員の話を迷っているのもそのせいなのか？　単に向こうのきみと連絡が取れないだけでなく……近々、元の世界に戻るかもしれないと思っているからなんだね」

直央は自分も同じように紹興酒に口をつけながら、自分たちはなんて非現実的な話をしているんだろう、と思った。

それもこれも、こんな話を飯田がちゃんと信じてくれているからだ。

それが、嬉しい。

そして、とうとう決心した。

飯田に言おうと思っていたことを……言葉にしよう。

なるべく早く、と考えていたこと……今以上のチャンスがあるだろうか。

「あの」

直央は居住まいを正して飯田を正面から見た。

「お願いがあるんです」

「うん、何？」

飯田も、真剣な眼差《まなざ》しで直央の視線を受け止める。

なんでも聞くよ、と言ってくれているのがわかる。

直央はごくりと唾を飲み込み、そして、言った。

「思い出が、欲しいんです」

「思い出？」

飯田がわずかに訝《いぶか》しげな色を瞳に浮かべ、直央はじわりと頬が赤くなるのを感じた。

「その……俺、今まで誰とも……恋愛経験とかなくて……それで、向こうではそんなの、絶対に無理だから……その」

言いながら、今自分は飯田に対して本当にとんでもないことを言っていると思う。

だがもう、ここで止めるわけにはいかない。

「もし……飯田さんがその……いやじゃなければ、今夜その……思い出、を」

それは、向こうの直央と連絡が取れなくなり、「戻る」と決意して戻らなければと決意してから浮かんだ願いだった。

飯田が好き。

そう自覚した……けれど、飯田とたとえば……恋人同士になるとか、そんなだいそれたことまでは望めない。

そもそも自分は、向こうに戻らなくてはいけないのだし。

でも、だからせめて、一晩の思い出が欲しい。

だが実際にそう口にしてみると、ひどく突飛だという気がする。

飯田がキスをしてくれたから……だからといって、それ以上を望むなんて、あまりにも大胆で恥ずかしすぎる話だ。

飯田は呆れて、笑って、やんわり断るだろう。

玉砕するならもうそれはそれで仕方がない、口にしてしまった言葉は取り消せない。

直央は俯いてそう考えながら、飯田の返答を待っていた。

永久に返事なんて来ないのじゃないかと思えるほど、沈黙が痛くなってきたとき。

「五分、待っててくれ」

飯田は突然そう言って、ナプキンを置いて席を立った。

「え」

直央が顔を上げると、飯田はすたすたと歩いて、店を出て行く。

どうしたのだろう……どうするのだろう。

もしかして電話でもかけに行った？

今日、予定があって、それを取り消しに……いやいや、それは自分に都合がよすぎる。

誰かに相談……家族とか……恋人とか……

そうだ、飯田にそういう人がいないと、無意識に決めつけていたけれど……今時、左手の薬指に何もないからといって、その人が独身とは限らない。

悪戯のような冗談のようなキスを一度くらいしたからといって、その人にパートナーがいないとは限らない。

だとしたら、そういう相手を裏切らせるようなことをしてはいけない。

やっぱり口にしてはいけない望みだったのだ……！

考えは悪い方に悪い方にしかいかず、直央が、もういっそ自分も席を立って、逃げ出してしまおうかと思い始めたとき。

飯田が戻ってきた。

直央の前に、何かを置く。

それは、バイト先のとはもちろん違う形状だが、ホテルのルームキーだと直央にはすぐわかった。

驚いて飯田を見上げると……

「部屋は取れた。あとは、五分の間にきみが逃げ出していないかどうかの問題だと思ったんだが、逃げなかった。もう遅いからね」

直央は、自分の心臓が、口から飛び出しそうなほど恐ろしい勢いで脈打ちはじめたのがわかった。

部屋に入ると、そこはバイト先のホテルならエグゼクティブツインと呼ぶタイプの、ハイクラスのツインルームだった。

広い窓からは都心の夜景、ダブルサイズのベッドが二台に、低いサイドボードで区切られたソファスペース、しつらえはダークブラウンと抑えた黄色の、しゃれた色合い。

だが、飯田がサイドボードにルームキーを置いた瞬間から、直央は完全に固まってしまい、突っ立っていた。

ベッドがある……もちろん、ホテルの部屋なのだから。

だが今からその、二台あるベッドのどちらかで起きることを考えて、どうしていいのかわからなくなる。

そもそも自分から「思い出が欲しい」などと言ったのだから、自分から何かするべきなのだろうか。こういう場合の手順はどうなるのだろう。シャワーを……お先に、とかなんとか言って、自分が先に風呂に行くべき？

風呂に入ったら……どこまで洗うべき？

そもそも飯田は「思い出」をどこまで想定しているのか……直央が頭で知識としてだけ知っているような、男同士でいくところまでいくのだろうか？

飯田にはこれまで、同性との経験があるのだろうか？

と……

「そう緊張しないで」

飯田が直央の傍《かたわ》らに立ち、直央の肩に軽く手を置いた。

「そもそもきみには、こういう経験はないんだね？」

直央は頷いた。

「そしてきみは……同性に触れられるいやな経験をさんざんしてきているが……私がこうやって触ることに抵抗はないんだね？」

再び直央は頷く。

飯田がこの場の空気を先導してくれていることにわずかにほっとしながら。

すると飯田が直央の背後に回り、直央を両腕でそっと抱き締めた。

その瞬間、直央の全身に電流が走ったような気がして、ぶるりと震える。

「……これも、いやじゃないね？」

飯田が背後から、直央の耳元に口を寄せ、低く尋ねる。

全身の皮膚がぞくぞくとして、胸がぎゅっと詰まる。

こんなふうに全身を誰かの体温で包まれた経験などなくて……なんだか泣きたいような感動に襲われる。

大丈夫だ。飯田なら大丈夫なのだ。それどころか、焦れったいほど嬉しい。

「じゃあ、ひとつだけ約束だ」

飯田が優しく言った。

「いやだったら、いやと言うこと。きみの思い出なのだから、きみがいやだと思うことは絶対にしないから」

いやだと思うようなことがあるのだろうかと思いながら……直央は耳を熱くして頷いた。


キス。

軽く唇を重ねるキス。

それから強く押し付けられて、飯田の舌が直央の唇の合わせ目をくすぐり、自然と開いたそこから忍び込む。

飯田の舌先が直央の舌の縁を軽くまさぐる。

唾液が溢《あふ》れてきて、飯田のそれと混ざり合う感じが、生々しくてぞくぞくする。

唇を重ねたまま、飯田の手が服の上から直央の腕を撫で下ろし、背中を撫で上げる。

前に回った手がパーカーの裾から忍び込み、下に着ているTシャツ越しに胸を撫で上げる。

いやじゃない……気持ち悪くもない。

直央の意思を無視して探るように、または強引に触れられるのとは違う……確実な意思を持って、しかし直央が拒否していないことを確かめながら触れる飯田の手が、直央の体温を上げていく。

と、飯田が唇を離した。

「……っ」

解放された直央の唇から息が洩れ、直央の耳が熱くなる。

「きみも、したいことをしてごらん」

飯田がその直央の耳元で、唆すように囁いた。

したいこと。

そうだ……「される」のではなくて、自分が「したい」こと。

飯田との思い出を作りたいのだから……自分がしたいことをしてもいいのだ。

そう思った瞬間、直央は密接した飯田の身体を意識した。

直央より頭ひとつぶん身長が高く、すらりとした印象があるのにこうして抱き寄せられていると、意外に胸板の厚みがあるのがわかる。

――触れてみたい。

直央は、内側から溢れてきた衝動のまま、飯田の胸に手を当てた。

上着のボタンははずされていて、糊《のり》の利いたワイシャツ越しに体温が掌に伝わる。

直央が熱を出したとき「平熱が低い」と言っていたが、それでもじんわりと伝わる温かさが心地いい。

ぎこちなく飯田の胸をまさぐっていた直央は、じかに触れたい、と思った。

まるでその思いを感じ取ったかのように、飯田が直央のTシャツの裾から手を入れてくる。

掌が……直央の脇腹に直接触れた。

「あ……」

直央は、思わず声を震わせ、飯田の胸に額を押し付けた。

熱い……飯田の手がというよりは、その手に触れられた自分の肌が熱い、と感じる。

同じようにしてもいいのだ、と直央は感じ、思い切って飯田のシャツのボタンを下からみっつ、はずした。

おそるおそるシャツの中に手を入れ、飯田の素肌に触れる。

滑らかで、弾力のある筋肉質の身体。

触れた感触が「気持ちいい」と変換されて直央の脳に伝わる。

シャツの中で、手を飯田の背中側に辷《すべ》らせてみる。

背骨の脇に盛り上がる背筋……決してごつくはない、しかし何かスポーツをしているような、鍛えられた筋肉という感じがする。

直央が飯田の身体をまさぐっていると、飯田の手も直央の皮膚を撫でる。

互いに衣服の下に手を入れて探り合っていると、鼓動が速まり、息が上がってくる。

と、飯田が直央の腰を引き寄せた。

「あっ」

直央は声をあげた。

ズボンの布越しに股間が触れ合い……自分がすでに昂ぶっていることに気付いた。

そして、飯田のそれも。

ああ、自分はこの人に欲情している。

そしてこの人も同じように。

嬉しい……自分の望みに応えてくれているだけなのかと思ったが、飯田だってちゃんと欲望を持ってくれている。

直央が思わず顔を上げて飯田を見ると、飯田も真上から直央を見下ろす。

その、いつも冷静で穏やかな瞳に、不思議な熱が籠《こ》もっている。

その唇がわずかに開き、ちらりと舌が見え、直央はさきほどのキスの感触を思い出した。

あの生々しい感触が、また欲しい。

直央が思い切って伸び上がると、飯田も顔を寄せてくれ、再び唇が重なった。

先ほどよりも容赦なく口腔《こうくう》をまさぐられ、直央も本能的に舌を動かし、まさぐり返す。

と、飯田が唇を重ねたまま直央の腰を支え、体重をかけてきたのがわかって……

気がついたら直央は、傍らのベッドの上に仰向《あおむ》けに押し倒されていた。

思わず飯田の肩にしがみつくと、飯田が顔を離し、直央と至近距離で視線を合わせる。

「まだいやじゃないね？」

そう尋ねながら、直央のパーカーを捲り上げ、ズボンのベルトを外す。

飯田の手の動きに促されるまま、直央は両手を上げてパーカーを脱がされた……と思ったら、下のTシャツも一緒に脱がされていた。

「あ」

思わず直央は両腕で胸を隠してから、女の子じゃあるまいし、こんな何もない平らな胸を隠して……と思ったが、今さらどけることもできない。

すると飯田がふっと口元を綻ばせ、直央の腰をまたぐように膝立ちになると、ネクタイを引き抜き、直央が外し残したワイシャツのボタンを外し、上着ごと脱ぎ去った。

飯田の上体が露《あら》わになり、直央は思わずその身体に見蕩《みと》れた。

なんて美しいんだろう。

しみひとつない、象牙色の滑らかな肌。

流れるような、無駄のない筋肉。

隙のないスーツの下に、この人はこんなに男らしく美しい身体を隠していたのだ。

同性の身体に見蕩れ欲情している自分に驚きつつ、ただの同性じゃない、飯田の身体だからだ、と思う。

直央自身、自分が同性を好きになるタイプなのか異性を好きになるタイプなのかすら知らずに生きてきた。

今だってよくわからない。

わかるのはただ、生まれてはじめて好きになった人が、飯田という同性だったということだけだ。

「きみの身体も、見せてごらん」

飯田がそう言って……直央は胸を隠していた両手を、なんとか脇におろした。

わずかに目を細めた飯田の視線が、まるで熱を持って直接自分に触れているようだ。

向こうの世界では、たぶん身体だって顔と同じように尋常ではない美しさ、だったのかもしれないが……こちらの世界の美意識では、飯田の目にどう映っているのだろう。

飯田は直央の上体に視線を辷らせ、ふっと目を細める。

言葉にはしないが、少なくとも……失望はしていない、とわかる。

と、飯田が片手で直央の脇腹に触れた。

「あっ」

まるで皮膚の表面に神経が浮き出ていたかのように、びくっと全身が跳ねる。

飯田がゆっくりと直央の胸に上体を伏せてきた。

脇腹を撫で上げながら、唇を重ねる。

直央は両腕で飯田の身体を受け止めた。

胸と胸が重なる。

気持ち、いい。

体温が混ざり合う、それだけで気持ちいい……だがその「気持ちよさ」は、リラックスとは正反対の、体中の神経が高ぶり敏感になっていくような気持ちよさだ。

何度か、唇を離してはまた深く重ねることを繰り返したあと、飯田の唇は頬に逸れ、それから顎《あご》、首、喉へと移動していく。

時折ちゅっと音を立てられると、恥ずかしさとともに身体の内側や頭の中が、じわじわと熱くなっていく。

鎖骨からさらに飯田の唇が下がっていき、同時に飯田の片手が胸全体を大きく何度か撫で、そしてやわらかい髪が直央の皮膚をくすぐり……

「あ……っ」

突然、甘く痺《しび》れるような感覚が沸き起こり、直央は声をあげた。

飯田の親指が乳首をかすめたのだとわかる。

そしてもう片方を、唇で挟まれる。

そのまま両方の乳首を指と舌で弄《いじ》られ、直央はたまらなくなって身を捩《よじ》らせた。

「んっ……ん、んっ」

変な声が出そうで、思わず唇を嚙《か》みしめる。

と、飯田が直央の胸に伏せていた顔を上げ、人差し指で直央の唇をなぞった。

「嚙みしめないで、声を聞かせて。それで、きみがどう感じているのかわかるんだから」

そ、そういうものなのか、と直央は思う。

思い出が欲しいなんて大胆なことを言っておきながら、何も知らない直央に飯田は呆れているのではないだろうか。

おそるおそる嚙みしめていた唇の力を抜くと、飯田は微笑み、

「素直でよろしい」

笑みを含んだ声でそう言って、再び直央の胸に顔を伏せた……かと思うと、胸を素通りして唇を脇腹、腹へと移動させ、そしてズボンのファスナーを引き下ろした。

「え、あ⁉」

あっさりズボンを脱がされそうになり、直央は慌てた。

「いやか？」

飯田が真面目な声で尋ねる。

いやならいやと言え、と言われた……が。

いやなわけではなくて。戸惑っているだけで。

「そ、その……いえ、どうぞ」

直央がそう言って大の字になると、飯田は吹き出した。

「本当にきみは、意外に思い切りはいいな。それならこちらもその気で」

そう言って、本当にあっさりと、直央のズボンを下着ごと脚から引き抜いてしまう。

ついでのように、靴下も。

飯田の前に全裸をさらしている。

そして直央の性器は、はっきりと兆して頭を擡《もた》げている。

その状態で仰向けになっている自分の姿を間抜けだと感じる間もなく、飯田もさっさとベルトに手をかけ、自分のズボンと靴下を手早く脱ぎ去った。

ベッドの上に膝立ちになった飯田のものも、直央のものと同じように頭を擡げている。

その叢《くさむら》の濃さ、直央のものとは違う大きさに、直央はごくりと唾を飲んだ。

どうしよう、嬉しい。

自分の全裸を前にして、飯田も萎えることなく欲望を維持してくれているのが、嬉しい。

飯田は直央の視線を受け、ちょっと照れたように笑った。

「まだ、いやじゃないね?」

そう言ってから……再び直央の腹に上体を伏せ、掌で腹を撫で下ろしてから、直央の性器をやんわりと握った。

「あっ……っ、あっ」

緩く握って上下すると……直央は腰の奥がつんと痛むのを覚えた。

たちまち自分のものが硬度を増すのがわかる。

恥ずかしい、気持ちいい、恥ずかしい、気持ちいい。

同時に、恥ずかしいのは自分だけが一方的に「されている」からだ、と気付く。

「あ、俺、も」

飯田のものに触れたい。

自然にそんな思いが湧き出ることに、自分でも驚く。

「いいよ。きみのいいようにしてごらん」

飯田がそう言ってくれたので、直央はぎこちなく起き上がり、飯田の下半身に移動した。

飯田が上体を起こして座ったので、おそるおそる手を伸ばし、飯田のものに触れる。

熱い。

大きい。

固い。

直央はごくりと唾を飲み、それを握り、根元から上に向かって扱《しご》いてみる。

ぴくりと手の中のものが震え、その感触にぞくぞくする。

向かい合うように座ったまま飯田も再び手を動かし始め、直央は無意識にその動きをなぞっていた。

先端を指の腹でくすぐり、裏側を指で少し強く撫で上げ、幹を握って扱きおろし、そして
また扱きあげる。

飯田のものを愛撫《あいぶ》しているはずなのに、自分で自分を愛撫しているようでもあり、それな
のに自分の手とは全く感触が違って、わけがわからないままに腰の奥に渦巻くような熱が生
まれ……

「あ、あ、あ」

だめ、と思った瞬間には……

直央はぶるりと全身を震わせ、飯田の手の中に放っていた。

飯田の手は、さらに数度、搾り取るように直央を扱いてから、ようやく止まる。

「よし、いけたね」

飯田の声が……穏やかなのに、甘やかすような熱を含んでいて気恥ずかしい。

そして直央の手の中にある飯田のものは、まだ硬度を保ったままだ。

「俺……だけ」

直央は申し訳なくなり、さらに飯田のものを愛撫しようとしたが、達したばかりでなんだ
か力が入らない。

すると飯田が直央の手から逃れるようにちょっと腰を引いた。

「え、あ」

直央が思わず飯田を見ると……飯田が、額と額をつけるようにして、直央の目を覗《のぞ》き込んできた。

「思い出はこれだけでいいのか？」

唆すような、意味ありげな言葉。

直央は、その言葉が意味することがなんだか知っている、と思った。

ここで終わりじゃない……この先が、ある。

それが欲しい。

「も、っと、ちゃんと」

ごくりと唾を飲み込んでから直央がなんとかそう言うと、飯田が目を細めた。

「よかった。私もこれでは終われない」

そう言って、直央の脚の間に手を差し入れてくる。

萎えた性器と袋の後ろに潜り込み——指先が狭間に触れ、直央はびくっとした。

「知っているのかな……ここを、使うことを」

飯田が呟く。

知っている。知識はある。そうでなくては飯田に、一夜の思い出作りなんて頼まない。

だが頭で知っているのと、実際に指先で奥を探られるのは……

「あっ」

くすぐったい……のに似ていて、違う感覚。

窄《すぼ》まりを指先がつつき、押し、そして揉《も》む。

「んっ……ん、んっ……っ」

また唇を嚙みしめそうになり、慌ててなんとか口の周囲の力を抜こうとした瞬間、指がぐっと押し込まれたような気がして……

「あ、んっ」

甘い嬌声《きょうせい》が洩れ、直央は真っ赤になった。

今のは自分の声なのだろうか。

「大丈夫そうだ」

飯田がそう言ったかと思うと、直央の身体を俯《うつぶ》せに返した。

「え、あ」

戸惑っている間に腰を引かれて膝立ちになり、背後の飯田に恥ずかしい場所を見られている、と思う間もなく、再び指がそこに触れる。

恥ずかしい、汚い、などという単語は、二本の指で周辺を揉みほぐされる感覚に溶けて消えてしまう。

「ん、ふっ……んっ、くっ」

飯田の指が……あの、節のしっかりとした……爪のかたちがいい、長い指が、そんなところを揉みほぐしていると思うだけで頭の中が沸騰しそうだ。

それも、そこを「使う」ために……いや、それだけじゃない、そこで感じることができるのだと直央に教えるために。

指先が沈み、浅いところで抜き差しされ、それから指の腹で内側をぐるりと撫でられたのがわかり、背骨をじわじわと快感が這い上がる。

指が少しずつ奥へと入り込み、くちゅくちゅという音と滑らかな動きで、指が何か濡《ぬ》れたものをまとっているのだとわかる。

唾液……それともまさか、先ほど直央自身が放ったもの……？

どちらも、想像しただけでかっと体温を上げる。

指がさらに奥へと入り込み——

「あ、ああっ」

突然鋭い快感が背骨を駆け抜け、直央はのけぞった。

今のは……今のはもしかして、前立腺というところ……？

最初の快感が強すぎたのがわかったのか、飯田の指先が今度は少しやわらかく、撫でるようにそこを行き来し、押す。

「あ、あ、あ……やっ……っ」

飯田の指がぴたりと止まった。

「いや？」

確認するように飯田が尋ね、直央は涙目で上体を捩って振り向いた。

「ちが……そこ……っ変、でっ」

飯田が片頬でわずかに余裕のない笑みを浮かべる。

「変だけど、いやではない？　これも？」

ぐ、とそこを指の腹で押され、直央は再びのけぞった。

気持ち、いい……自分の身体の内側に、こんなに強い快感の源があるなんて、と全身を震わせると、ふいにぐちゅっと音を立てて指が引き抜かれた。

唐突に身体の内側がからっぽになったように感じる。

「あ、やっ……」

や、という音が「いや」ではないのだとわかるのだろう、飯田は躊躇いのない手つきで、直央の身体を再び仰向けに返した。

「あ」

両膝に飯田の手がかかり、ゆっくりと脚を広げられる。

すべてが、飯田の視線の前にさらされている。

背後から見られるよりも、飯田の視線がわかるぶん、恥ずかしい。

そして広げられた脚の間で、先ほど放って萎えたはずの自分のものが、再び勃《た》ち上がって

いるのに気付き、頭の中がかあっと熱くなる。

飯田と、視線が合った。

「いいんだね？」

最後の確認、という口調で飯田が言い……直央は頷いた。

いやなわけがない、直央自身が望んだこと。

ただ、少しだけ……怖い。自分がどうなってしまうのかが。

飯田はその直央の気持ちを読み取ってくれたかのように頷いた。

「大丈夫」

そして、直央の脚の間に身体を進める。

その飯田のものも、力を持って堂々と立ち上がっているのが見えた。

掌に、先ほど確かめた、大きさ、熱、固さが蘇る。

先端がぴたりと直央の窄まりに当てられた。

「あ」

それだけで、ひくんとそこが震える。

押し付けられ……そして、押し込まれる。

「んっ……くっ……っ」

想像よりも……もっと大きくて……苦しい。

「息を詰めないで、唇を噛みしめないで、力を抜くんだ」

飯田の声に、全身に思い切り力を込めていたことに気付く。

「……はっ……あっ」

なんとか唇を開くと、同時に全身の力がわずかに抜ける。

その瞬間を見計らったかのように、飯田のものがぐぐっと入ってきた。

「あ……あ、あ、あ」

いっぱいに開かれたところをさらに押し広げるようにして、熱く固いものが、直央の内側に入っている……！

引きつった呼吸をする直央の腹を、飯田の掌が撫でた。

「この中に私がいるのを意識して、ゆっくり息をしてごらん」

自分の中に飯田がいる……飯田の性器ではなく、飯田自身が、飯田という男が、自分の中にいる……そう思うと、直央は自分の身体全体で、その飯田を抱き締めたいと思った。

力を込めて抱きつくのではなく……抱き締める。

そうイメージした瞬間、自分の中がきゅんと熱くなって、中にいる飯田がはっきりとわかった。

「そう、上手だ」

飯田がそう言って、直央の上に上体を倒してくる。

「っ、あっ」

繋《つな》がりが深くなった。

「わかるね？」

飯田が直央と視線を合わせて尋ねた。

眉が少し苦しげに寄せられ、その瞳の中に、ぞくぞくするような熱がある。

ああ、飯田も気持ちがいいと思ってくれているのだ、とわかり……直央の腰の奥がどろりと蕩《とろ》けた。

「わか、る……っ」

直央はそう言って両手を広げ、飯田の首を抱き寄せた。

唇が重なり、舌が絡み合う。

飯田が直央の片方の腿を抱え、さらに繋がりは深くなった。

直央の中の飯田が一度ぐっと引いていき……そしてまた、突き入れられた。

「んっ、んっ、ふっ……っ」

唇と唇の間から声が洩れ、やがて飯田の唇が頬に逸れると、はっきりとした嬌声になっていくのが自分でもわかる。

「あ、あ、あ……やっ……んっ、んんっ、ぁああ……っ」

恥ずかしい、気持ちいい、嬉しい。

飯田が自分の中を探るように行き来し、それから先ほど指で探し当てた、感じる部分を抉《えぐ》り、またはそこをわざと素通りして、張り出した部分で奥を突く……

その動きが、直央を翻弄する。

掌に伝わる、飯田の首筋から肩にかけてのうねるような筋肉の動き。

力強く律動を送り込む腰。

直央の頬や耳、額に触れる飯田の熱い唇と、荒くなっていく彼の息。

すべてが嬉しくて、愛《いと》おしくて。

好きな人と繋がる、というのはこういうことだったのだ。

悦《よろこ》びに溺れそうになりながらも、直央は頭の隅ではっきりと自覚していた。

望みは叶ったのだ……思い出は、もらえた。

だから、戻らなければ。

向こうの直央のために、今こそ自分は戻らなければ。

この瞬間、向こうの直央も「戻りたい」と望んでいるはずなのだから……自分が「戻らなければ」と強く思えば、きっと叶うはず。

もう同じ飯田には二度と会えない。

それでも……「ここにいる自分」は偽りの自分で、これは自分の本当の人生ではないのだから。

直央は飯田の頬を両手で包み、唇を探し、求めた。

さようなら。ありがとうございます。

唇に籠めたその気持ちを感じ取ったのか……

「直央、ここに、いるんだ」

飯田がそう言ったような気がした。

幻聴？　そう言って欲しいと願っているから……？

いや、だめだ。

戻らなくてはいけないんだ……！

そう思ったとき、飯田が動きを早め、そして先端が、信じられないほど奥まで届き、そして強くそこを突き――

「あ――あ、ああっ……！」

頭の中で真っ白な光が弾けたような気がして、直央は再び達していた。


直央は、暗闇の中にいた。

さっきまで白い光の中にいたような気がするのに、いつの間にか漆黒の闇だ。

だがふと、遠くに光が見えたような気がして、直央は一歩踏み出そうとし……足元がなんだか頼りないことに気付いた。

地面が……地面も、床も、ない。

それでも足を前に出すと、なんとなく自分が動いているように感じ、光に近付く。

やわらかく温かそうな光は、やがて人の姿になった。

自分の……いや、もう一人の自分の横顔だ。

幸せそうに、はにかんだように笑っている。

「直央！」

直央は、もう一人の自分を呼んだ。

「今だ、今なら戻れるから……こっちを見て！」

どうしてか、直央は確信していた。

今がまさに「そのとき」で、向こうの直央がこちらを見て「戻りたい」と思えば、それだけで自分たちは元に戻る。

自分の「義務感」よりも、向こうの直央の「戻りたい」という意識の方が強いはずなのだから、向こうの直央がこちらを見るだけで、視線が合うだけで、いいのに。

向こうの直央はこちらを見ない。

気付きもしない。

声も届いていない。

そして、直央からは見えない誰かと、楽しそうに会話をしている。

「直央！」

呼んだはずの自分の声が、声になっていない。

どうして。

自分が一大決心をして、戻れる状態になったのに……どうして気付いてもらえないんだろう。

そのとき、誰かが直央の腕を後ろから引いた。

向こうの直央の姿が小さくなる。

「だめ、離してっ」

直央はもがいたが、腕の力が強くて振りほどけない。

そして直央自身、その腕を振りほどきたくない。

いられるものならこちらの世界にいたい。

誰かが引き留めてくれるのなら、戻りたくない。

もし……もし、誰かに引っ張られたせいで戻れないのだとしたら……それは、言い訳になるだろうか？

いや、そんなのはだめだ、と思う間にも……向こうの直央の姿はどんどん小さくなり、点のような光になり……そして消えてしまい——

じんわりと意識が戻ってくる。

まだ酔ったようにぼうっとしていた頭の中が、次第にクリアになってくる。

今のは夢だったのだ、と思いながら直央は目を開けようとした。

本当は開けたくない。

自分がどちらの世界にいるのか知りたくない。

でも、開けなくちゃ。

そう思っていやいや瞼《まぶた》を押し開けると——

誰かの目が、直央の目を覗き込んでいた。

はっとして瞬きをし、焦点が合う。

飯田だ。

いつものきちんと整った髪型ではなく、少し乱れて前髪が額にかかり、そしてワイシャツもネクタイもない……目に入る部分はすべて、素肌の色。

少し気だるい雰囲気で……そしてどこか不安げに、直央を見つめている。

直央はもう一度瞬きをし、そして恐る恐る言った。

「飯田さん……」

と、飯田の瞳がふっとやわらぐ。

「大丈夫そうだな」

大丈夫ってなんだろう……と直央は身じろぎし、そして自分がベッドに横たわっていることと、身体の上にはアッパーシーツだけがかかり、その下は素肌であることに気付いた。

「あ！」

直央はぎょっとして起き上がった。

腰の奥に鈍い痛み。

「俺……俺まだ、こっちにいる……!?」

「そのようだ」

飯田が落ち着いた声音でそう言って頷く。

そうだ、自分は飯田に「思い出が欲しい」などとねだって、飯田が応えてくれて、ここで、このベッドで……

あれやこれやが一挙に脳裏に溢れ、直央は赤くなり、次の瞬間蒼《あお》くなった。

どうしよう。

思い出を貰って、もうこれでいい、戻らなくちゃと強く思えば戻ると思ったのに。

戻れなかった。戻らなかった。

いや、考えてみると……向こうの直央だって、元の世界に戻ったと思ったら飯田とベッドの中にいたのでは困るだろう。

　戻るべきは今ではなかったのだ。

　だがそれなら……どうすればいいのだろう？

　直央は部屋を見回し、壁の時計に目を留めた。

　夜の九時……ええと。

　今から帰れば、もしかしたら向こうの直央に会えるだろうか？

　一週間近く会えなかったし、鏡を覗けない、もしかしたら家にも戻れていない非常事態なのかもしれないが、それでもあそこが自分たちの唯一の「通路」だ。

　毎日鏡を覗く、それだけは止《や》めてはいけない。

「あの、あの俺、帰りますっ」

　直央はベッドから飛び出そうとし、膝と腰に力が入らないような気がして、ベッドの脇にへたり込みそうになった。

「危ない」

　飯田が腕を伸ばして直央の身体を支えてくれる。

「今すぐ？　急ぐのか？」

　飯田が冷静な声で尋ね、直央は頷いた。

「じゃあ服を着て。十分後にタクシー……でいいね？」

てきぱきと言って、飯田は内線電話に近付き、フロントに連絡してくれる。

直央はなんとか服を着ながら、身体にべたついたところが全くないのに気付いた。

もしかして意識が飛んでいる間に、飯田がきれいにしてくれたのだろうか。

なんだかもう、恥ずかしくて飯田の顔が見られない。

身支度した直央に、飯田は「荷物はこれだけ？　忘れ物はないか？」と気遣ってくれ、ロビーまで一緒に行ってくれる。

ベルボーイに声をかけると、もうタクシーは待っていると案内してくれる。

「一人で大丈夫だね？」

タクシーに乗り込んだ直央に飯田が尋ねた。

もちろん、飯田がチェックアウトするにしても、それを待つ時間が直央には惜しいとわかってくれているのだ。

「これ、タクシー代」

飯田が直央の手の中に札を押し込み、運転手に頷いて退《ひ》くと、すぐ扉が閉まる。

車が動き出してから直央が慌てて飯田を見ると、飯田は力づけるように頷き……手の中には一万円札が残されていた。

自分の部屋に入ると、直央はシャワーブースに駆け込んだ。

どちらかが遅番の場合はこれくらい、とだいたい決まっている時間に間に合った。

今日は……今日こそは、いるだろうか。

今日も会えなかったら、もう一度、もっと本気で、元に戻る方法を考えないといけない。

向こうの直央はどんな目に遭っているのか……

ストーカーに刺されたとか、監禁されているとか、クスリ漬けになって海外に売り飛ばされているとか……最悪の事態がいろいろと頭をよぎる。

と――

鏡の向こうで何かが捲れる気配がした。

「あ！」

直央は思わず叫んだ。

向こう側に、向こうの直央がいる。

今の自分とは服装が違うので間違いない。

「いた！」

向こうの直央はちょっとびっくりしたように目を丸くし、それから慌てたように言った。

「ごめん、しばらく会えなくて」

その顔を見て、声を聞いて、直央にはわかった。

何か辛い目に遭っているわけではない……そんな気配は全くない。

ということは、一週間近くも会えなかったのは何か他の理由だ。

自分が心配していたようなことはなかったのだ。

よかった……！

直央はほっとし、同時に拍子抜けもしていた。

そう、向こうの直央は、向こうに意外と適応していて、自分よりも「違う世界」に馴染《なじ》んでいるように見えたし、思ったほど危険な目にも遭っていないようだった。

あたふたしていた自分がなんだか恥ずかしくなり、向こうの直央に「心配をかけた」という思いをさせるのもなんだと思い、慌てて直央も取り繕う。

「ううん、俺もなかなか来られなくて」

言いながら、直央はなんだか、向こうの直央の顔が眩《まぶ》しく見える、と思った。

なんだろう……向こうの感覚を思い出して見てみるならば、もちろん直央の顔は本当に完璧な美貌だ。

だがそれだけではなく……何か内側から、優しい喜びのような光がにじみ出ているような雰囲気に見える。

「そっち、何かあった？」

直央は思わずそう尋ねていた。

向こうの直央の頬がちょっと赤らみ、はにかんだ笑顔になる。

「あった……いろいろ。そっちは?」

そう尋き返されると……もちろん、直央も同じだ。

「こっちもいろいろあった」

どんな? と向こうの直央が視線で尋ねてくるのがわかる。

どんな。

向こうの直央のことをあれこれ心配したのが取り越し苦労だったとするなら……その他にあったことといえば……

平穏な生活。誰にも注目されない、危険のない、心安らぐ生活。

特別なこととして、テーマパークに行ったこと。

楽しかった。

飯田とホテルのラウンジで飲んだこと。

熱を出したら飯田が見舞いに来てくれたこと。

入れ替わらなかったら、向こうの世界にいたままだったら、絶対にあり得なかったような出来事ばかりだ。

今日だって……「思い出作り」なんて言って、自分はただ、生まれてはじめて好きになった人に抱いて欲しかった、それだけのことだったんじゃないだろうか。

後ろめたいくらいに、特別で素晴らしい経験ばかり。

「いいことばっかり……本当にこっちが楽しくて……」

直央はそう言ってから、ちょっと躊躇い、そして思い切って尋ねた。

「そっちは……？　いろいろ大変だよね……戻りたいよね」

直央が想像したような最悪の事態は起きていなかったとはいえ、戻れるものなら戻りたいに決まっている、と思ったのだが。

「ううん」

向こうの直央はきっぱりとそう言って、首を横に振った。

「戻りたくないんだ……今日はそれを言わなくちゃと思った。俺、ずっとこっちにいたいんだ」

「え!?」

直央は驚愕《きょうがく》した。

聞き間違い……ではないのだろうか。

ずっとこっちにいたい。

つまり、向こうの直央は、ずっと向こうにいたい。

こちらに戻って来たくない。

本当に、そう言っているのだろうか。

「ほんと？　どうして⁉」

なんとか言語能力を取り戻してそう尋ねると……

向こうの直央は、ちょっとはにかんだ笑顔になった。

「好きな人ができたんだ。その人と……この一週間、その人と一緒にいて。この先も一緒にいたいんだ」

直央は呆然とした。

「そうだったんだ……！」

そういうことだったのだ。

何か悪いことがおきたのではないかと思っていたこの一週間ほど、悪いことどころか、向こうの直央にとっては「向こうにいたい」と思わせるだけの「いいこと」があったのだ。

だが、その「好きな人」というのは……？

そうだ。

向こうの世界とこちらの世界は、連動している。

ちょっと時間のずれはあったが、ベルボーイからスイート担当に変わったりしている。

美醜の感覚とか、その顔の善《よ》し悪《あ》しの重視の仕方などは違うけれど、それでも二つの世界は明らかに繋がっている。

だとしたら、向こうの直央の「好きな人」とは。

飯田の顔が脳裏に浮かぶ。

そして向こうの直央はその人とこの一週間近く一緒だったと言っていた。

ということは、向こうの直央の好きな人が飯田なら、自分だっていずれ飯田とうまくいくのかもしれない。

心臓がどきどきしてくる。

直央は思い切って言った。

「ねえ、誰だか聞いてもいい？　っていうか、俺もそうなんだ。俺も好きな人ができて……もしかして同じ人かな」

そう言いながらも、いや、同じ人だ、そうに決まっている、と思う。

その言葉を聞いて、向こうの直央もわくわくした顔になる。

「言ってみる？　せーので」

直央は頷いた。

「うん、いいよ、せーの」

「たかみは――」

「いいださ――」

二人は同時に言葉を切り、互いを見た。

「え？　高見原《たかみはら》さま？　スイートの⁉」

直央が驚いて尋ねると、向こうの直央も尋き返す。

「飯田さんって、宿泊部主任の飯田さん⁉」

二人は呆然と見つめ合った。

好きな人が……違う。

どうして？

と、向こうの直央がはっと思いついたように尋ねる。

「ちょっと待って、じゃあ、バイトまだクビになってない？」

「え、クビ？　なんで？」

向こうの直央は、ホテルのバイトをクビになったのか？

「正社員になる話があるよ！　それもいいかなって思ってる」

二人は再び無言で互いを見つめた。

どういうことだろう。

ほとんど同じだった二つの世界が、気がつくとこんなにも違ってしまっている。

直央は必死に頭の中を回転させた。

二つの世界……平行世界、パラレルワールド。

読んだことがあるファンタジーとかＳＦとかの内容を思い出す。

「もしかして……」

直央は、はたと思い当たった。

「そっちとこっち、だんだん離れてるのかな」

頭の中でイメージしたことをなんとか説明しようとして、両掌を合わせ、そして手首をつけたまま掌を反らせて、指だけを離す。

「なんか……こんな感じで？　最初は俺たちの道はくっついてたけど、だんだん離れていってる、みたいな？」

または、川の流れのような感じ。

最初は幅の細い川の両岸にいて、簡単に飛び越えることができた。でも、時間を経て川はどんどん大河になって、ちょっとやそっとでは向こう岸に渡れなくなって。

そのうちに、向こう岸なんて見えなくなってしまう……のだろうか。

「だったら……戻ろうとしてももう、戻れないのかな」

直央はおそるおそる言った。

向こうの直央がどれだけ願っても。

自分が、戻らなくては……とどれだけ思っても。

向こうの直央が、落ち着いた表情で頷いた。

「かもしれない。でもだったらそれでいいんだ、俺はこっちにいたいから」

「そうかあ……」

直央は、なんとも言えない感慨が胸に込みあげてくるのを覚えた。

「どうしてこうなったのか結局わからないけど……最初は、俺がそっちから逃げ出したくてこうなった気がするから、ほんと、悪いことしたと思ってたんだけど……そっちがそれでいいならよかった」

ずっと、向こうの直央に申し訳ないと思っていた。

自分にとってはあんなに生きにくかった世界で生きることを押し付けてしまって……と思っていた。

でも、もうそんなふうに思わなくてもよくて、自分は堂々とこちらの世界で生きていっていいのだ……！

わかってるよ、というように向こうの直央が頷き、そして口調を変えた。

「それであの」

わずかに躊躇う。

「どうやら、他のところの鏡だとだめそうなんだよね、こうやって話すのは。だから、ここを引っ越しちゃうと困るよね」

向こうの直央は、そういうことも試してくれていたのか、と思う。

「それは……そうだけど……」

直央ははっとした。

引っ越し……しなくてはいけないような何かがあったのだろうか。

安心するのは早かっただろうか。

「引っ越したいの？　何か危ない目に遭った？」

向こうの直央は、ちょっと頬を赤らめて首を振った。

「ううん、ちょっと確認しただけ」

その表情と声音で、何か困ったことが起きたのではない、と直央にはわかった。

そう、この一週間近く連絡が取れなかった間、高見原と一緒にいたのなら……もしかしたらもう、一緒に暮らす、なんて話になっているのかもしれない。

本当に、向こうの直央は向こうで生きていくつもりなのだ。

ようやくそれが実感できる気がする。

そしてその結果、鏡越しに連絡が取れる機会が減っても……いや、直央が想像したように二つの世界がどんどん離れていくのなら、いつしかこの鏡だって機能しなくなる可能性だってある。

さみしいけれど、それは覚悟しなくてはいけないことなのだ。

「じゃあ俺、そろそろ行かないと……」

向こうの直央がそわそわする。

「次の時間は約束できないけど、またね」

そのそわそわの理由は、高見原との約束か何かがあるのだろうと思うと、直央もなんだか嬉しくなる。

「うん、またね」

二人はもう一度じっと見つめ合い――

そして、シャワーカーテンが閉まった。


直央は呆然と、向こうの直央との会話を反芻《はんすう》していた。

戻らなくてもいい。

こちらにいてもいい。

本当の本当に、自分は解き放たれたのだ。

誰も自分に注目しない世界。

自分は目立たない印象の薄いモブ顔で、変なフェロモンも出していない。

痴漢もストーカーも心配しなくていい。

あの、イルミネーションの遊歩道で感じた解放感が、この先ずっと、本当に自分のものなのだ……！

嬉しい。

恋愛だって、顔のことなんか関係なく自分を好きになってくれる人と……

そう思いかけ、直央ははっとした。

飯田。

そう……向こうの直央の相手が飯田で、そしてうまくいっているのなら、自分だってそのうち……という気がしたけれど。

そもそも相手が違う。

そして、向こうの直央は明らかに高見原と両思いになったようだが、自分のは違う……一方的に飯田を好きになって、もうすぐこちらの世界から消えてしまうかもしれないから思い出作りをしたいと迫って——抱いてもらった。

両思いというのとはまるで違う。

「うわあああああ」

直央は急に、のたうち回りたいほど恥ずかしくなって頭を抱えた。

どうしよう。

いつかは会えなくなる人だと思ったから、あんなことも頼めた。

だが、これから自分はずっとこちらの世界で生きていけることになって……だとしたら、あの飯田と、これからずっと顔を合わせるのだ……！

どんな顔をすればいいのか。

あんなことを頼んでおいて、いっこうに入れ替わらないじゃないか、と思われるかもしれない。

もしかして入れ替わり自体が実は作り話だったと思われるかもしれない。

そもそも、自分のあんな願いを聞き入れてくれた飯田だってどうかしている。

いや、飯田は同情してくれたのだ。

だがこちらにいられることになった自分は、もうその同情には値しない。

合わせる顔がない……合わせても恥ずかしくて飯田の顔を見られない。

どうしよう、どうしよう、と思いつつ……直央はどうしていいかわからず、悶々《もんもん》とその夜を過ごした。


それでも、翌日は出勤だ。

誰にも注目されない通勤時間が、本当に自分のものになったのだと思うと感慨深い。

だがその感慨に浸れるのも、ホテルの従業員出入り口までだ。

飯田に会いませんように……と、とにかく願う。

どんな顔をして飯田に会えばいいのか決断できるまで、会いませんように。

そもそも飯田はあれからあのホテルに泊まらずにチェックアウトしたのか、それとも一晩泊まってそのまま出勤してくるのかもわからない。

だがとにかく、ホテル代とタクシー代はちゃんと返さなくてはいけないと思う。

一応タクシー代一万円は封筒に入れて持ってきたが、ホテル代は金額を尋かなくてはわからない。

だがそれもどういう顔でどう切り出せばいいのか……気まずいこと、この上なしだ。

いつものようにロッカールームに入ろうとして、ノブにかけた手が止まった。

「うそ、友部⁉」

誰かの、そんな素っ頓狂な声が聞こえたのだ。

自分の噂《うわさ》をされている。

「本当だって。佐伯《さえき》も一緒に見たもん。なあ？」

「そうそう、あのモブ顔だからさ、いつも職場で見てるんでなきゃ、友部だなんて気がつかなかったかもしれないけど、絶対そうだって」

「あの友部が飯田さんと、ってこと⁉」

直央は、息が止まるかと思った。

昨夜、飯田と一緒だったところを、誰かに見られたのだ。

どこを見られたのだろう。

一緒に歩いているところか、ホテルに入ったところか、食事をしているところか……まさかよそのホテルで、二人で部屋に入っていったところなどではないと思うが。

背中に冷や汗が伝うのを感じながら直央が扉の外に立っていると、声は続く。

「まあ、何か友部が個人的な相談でも持ちかけたんじゃないの？」

一人が言った。

「飯田さんも上司として放っておけない何かがあったとか」

「で、二人でよそのホテルに飲みにでも行った？　飯田さんも意外と面倒見がいいのかな」

それでは、見られていたのはホテルに入っていくところだったのだ、と直央は少しほっとする。

「ホテルマン型アンドロイドだし、上司機能も高精度のを搭載してるんだよ」

冗談めかした声。

「だよなあ。プライベートも謎だし。でもそのミステリアスなイケメンて感じがいいんだよね」

「イケメン度で言ったら、うちではナンバーワンて感じだし」

「スイートの高見原さまにはさすがに負けるけど」

「そうかあ？　好みの問題じゃね？」

「おい、時間！」

誰かがはっと気付いたように言って、「いけね」とロッカーの扉を閉めるばたんばたんという音が聞こえ——

扉が開いて、四人の同僚が出てくる。

さっと脇にどいて壁にへばりついた直央には気付きもせず、彼らは廊下を去って行き、直央は自分の「存在感のなさ」を改めてありがたいと思った。

急いでロッカールームに入って着替えながら、今の噂話を嚙みしめる。

飯田の容姿……「イケメン度」というのは、「うちではナンバーワン」……つまり、このホテルの全従業員の中で一番、ということだ。

そして、部下たちに人気がある……今の口調だと、上司として人望があるだけでなく、男としての魅力、のようなものがあるのだ。

それなのに自分は、向こうの世界の感覚で「ちょっと残念」などと思っていた。

そして、飯田の顔を「好ましい」と感じた自分の感覚が、こちらの世界の価値観に寄ってきたように思っていたのだが、とんでもない。

飯田の本当のよさを自分はまだまだ知らなかった。

そんな飯田が……自分に少しでも好意を寄せてくれている可能性、というものがどれだけあるのだろうか。

こちらの世界ではモブ顔で完全な空気である、直央に。

頼んだから同情して抱いてくれた、それだけ。

別世界から来た、なんて話も今となっては疑っているかもしれない。

何しろ直央は結局「戻って」いないのだし、これからも「戻る」可能性はたぶんなくなったのだから。

そう思うと、ますます飯田と顔を合わせにくい。

正社員の話だって、今日くらいには返事をしなくてはいけないのに、どう答えればいいのか。

この先も飯田の部下として働くのは気まずいし、辛い。

けれど……もしこのホテルを離れるとして、その先はどうする？

どうやって生きていく？

もちろん、こちらの世界にはいたい。

向こうの世界に戻るなんてことは考えられない。

それでも、こちらの世界でも結局自分は「一人」なのだと、直央はふいに思った。

テーマパークに行ったときに感じた「一人」が、別な重みを持ってひしひしと迫ってくる。

誰かに相談したいと思っても誰もいない。

唯一相談できた飯田に、今は合わせる顔がないと思っているのだから。

思い悩みつつも直央は機械的に着替えをし、ロッカールームを出て、引き継ぎ表をチェックし、スイートの長期滞在客に挨拶に行こうと裏動線のエレベーターホールに向かう。

と……

廊下の向こうから、スーツ型の制服を着た、すらりとした男の姿が目に入った。

——飯田だ！

どうしよう。

今、こんな気持ちで飯田と出くわすなんて、心の準備ができていない。

だからといってまさか、後ろを向いて逃げ出すわけにもいかない。

飯田は落ち着いた足取りで真っ直ぐに直央に向かって歩いてくると……

「おはよう」

穏やかな声音でそう挨拶した。

いつもと同じ、なんの含みもない、上司としての声と表情。

それはそうだ、ここは仕事場なのだから、と直央は少しほっとする。

しかし次の瞬間飯田は、わずかに上体を屈めるようにして直央の顔に顔を近寄せ、低い声で尋いた。

「昨夜は、大丈夫だったか？」

大丈夫……何が……ええと、無事に家に着いたかどうかとか……いやまさか、あんな行為のあとで慌てて帰って……身体が、とか……そっち？

あんな行為、という自分で思い浮かべた言葉に「あんな」のあれこれが蘇り、顔が真っ赤になるのがわかる。

「だ……」

声が喉に絡まった。

頭の中では「大丈夫です、ご迷惑をおかけしました、あとでタクシー代とホテル代をお返しさせてください」と言おうとしているのに、声が出ない。

「友部？」

飯田が直央の目を覗き込むようにさらに顔を近寄せてきた、そのとき。

突然非常ベルが鳴り響いた。

「え⁉」

直央がぎょっとして周囲を見回したときには、飯田は貸与スマホを取り出していた。

「火事だ、Ｂ館十二階」

飯田は冷静な声で言った。

「友部は担当のお客さまの確認を。落ち着いて、誰かから指示があれば従って」

「はい！」

直央も慌てて頭を切り替え、エレベーターホールに走った。

Ｂ館というのは、直央が担当しているスイートがあるのとは別の棟だ。

スイートには、長期滞在客の高見原と細川《ほそかわ》、それに一泊の客が二組いるはずだ。

最上階に上がると、外国人らしい家族連れが非常ベルに驚いたのか、廊下に出て何か大声で騒いでいた。

館内放送も入っているが理解できないようで、直央の姿を見て「この音はなんだ、何が起きている」と詰め寄ってくる。

「別棟で火事のようですが、こちらの建物は問題ありません、ご案内できるまでお部屋でお待ちください」となんとか説得し、部屋に戻ってもらう。

もう一組の一泊の客は部屋にいないのを確認してから日本画家の細川老人の部屋に行って説明をし、最後に高見原の部屋に向かう。

「失礼いたします」

ノックをして声をかけると、すぐに扉が開いた。

高見原の秘書の、星《ほし》だ。

「火事ですね」

星が冷静に尋ね、直央は頷いた。

「別棟ですのでこちらは大丈夫です。しばらくお部屋でお待ちいただきたいのですが、お出かけのご予定はございますか?」

直央が尋ねると、

「ということですが、社長」

星が部屋の中を振り向き、ソファに座っていた高見原が落ち着いた声で星に答えた。

「わかった。急いで出る必要もないだろうから、待機だ」

こちらの高見原は、直央の顔も認識してない雰囲気なのに、向こうではいったいどうやってどんなふうに……と思うが、そんなことを考えている場合ではない。

「ありがとうございます」

頭を下げて部屋を出ると、直央は急いでエレベーターホールに戻った。

ホテルで火事などそうそうあることではない。

一応万が一のときのマニュアルはあるが、それでも臨機応変を求められる。

今はB館に助けが必要なはずだと思い、一階に降りようとしたのだが……

エレベーターは十二階で止まった。

まさに火事が起きているらしいB館と、渡り廊下で繋がっている階でもある。

扉が開くと、いきなり焦げ臭いにおいがして、そして裏動線なのに客の姿が目に入った。

ロビーのフロアチーフであるはずの高梨がその客たちを手で制している。

「お客さまの避難だ」

直央と目が合った高梨がそう言って、直央は慌ててエレベーターを降りた。

「どうぞ、順番に、ゆっくりと」

高梨がそう言っても、客たちは我先にエレベーターに駆け込んでいく。

高梨の脇にいた客室係が最後に乗り込む。

「では一階に、エレベーターはすぐ戻してくれ」

高梨の言葉に客室係が頷き、扉が閉まる。

「友部、応援に入れるか」

緊迫した声で高梨が尋ねた。

「はい」

「では、渡り廊下からこちらに入ってきたお客さまを落ち着かせて、二十人ずつここに誘導してくれ。お子さま連れ優先。団体で数が多くて、ちょっとパニックが起きかけている。全員避難の確認ができたら渡り廊下の隔壁を閉める」

「わかりました！」

直央は答えて、表の廊下に飛び出した。

静かだったスイートフロアと打って変わって、非常ベルの音と人々の大声が耳につき、そして何より焦げ臭さの充満が直央を緊張させる。

人々をなんとか落ち着かせようとしている数人の同僚の声も聞こえる。

窓の外から、消防車や救急車のサイレンの音も聞こえてくる。

幸いにも火事があったのがこちらの棟と繋がる渡り廊下がある階だったおかげで、客室係が客をこちらに誘導して、表と裏のエレベーターをフル稼働して降ろしているのだ。

階段も使っているのだろう。

直央は人々をせき止めて順に誘導しようとしている同僚たちに加わった。

と、一人の女性が叫び声をあげた。

「子どもが……子どもがいないんです！」

直央に縋《すが》り付くように訴える。

「部屋を出たときはいたのに……手が離れてしまって……もしかしたら、まだ向こうに！」

女性が渡り廊下の方に戻ろうとしたので、直央は慌てて引き留めた。

「お子さまのお名前は？　いくつですか？」

「まさや……まーくん、三歳です！」

「わかりました、探してきますから、お客さまはエレベーターホールへ！」

直央はとっさにそう言って、渡り廊下に向かって駆け出した。

渡り廊下の真ん中くらいからいきなり煙が濃くなる。

濃い灰色の、つんとくる刺激臭の混じったにおいにむせそうになりながら、直央は慌てて姿勢を低くして、思い切ってB館に飛び込んだ。

左右どちらに行こうか迷い、それから大声で叫ぶ。

「まーくん、まーくんいますか？　いたら返事して！　まーくん！」

叫び終わって息を吸おうとすると思い切りむせて、慌ててハンカチを取り出して口に当てる。

返事はない。

火事の中というのはぱちぱちという音が聞こえるようなイメージだったのだがそうではないようで、館内放送の音ばかりが聞こえてくる。

煙にどういう成分が含まれているのか、目も痛くて開けていられないほどだ。

怖い——しかしこの先に、もっと怖い思いをしている子どもがいる。

直央はとっさに廊下の右側に向かった。

ほとんど膝をつくくらいに姿勢を低くしながら、「まーくん、まーくん」と呼び続ける。

煙が濃くなり、視界はどんどん悪くなるが、まだ廊下に敷かれた絨毯《じゅうたん》はなんとか見えている。

しかし子どもは見当たらず、直央は自分が、廊下がさらに左右に分かれる分岐点にいることに気付いた。

どちらへ行けばいいのか。

引き返すべきだろうか、と思ったとき……かすかに、声がしたような気がした。

ママ、と言っているような。

「まーくんっ」

叫んでから直央は咳き込み、慌ててその咳をこらえる。

「ママー！」

今度ははっきりと声が聞こえた。

「まーくん！」

直央も呼びながら、声の方へと急ぐ。

すると、廊下の突き当たりに男の子がうずくまっているのが見えた。

「まーくんだね」

直央は子どもを呼んで、急いで抱き上げ、口元にハンカチを当ててやった。

「もう大丈夫、お母さんのところに行こう」

そう言って、来た方向へ引き返す。

しがみついてくる子どもを片腕で抱えたまま姿勢を低くするのは思った以上に大変で、煙を吸い、転びそうになる。

そして、いつまでたっても渡り廊下に辿《たど》り着かない。

ホテルのフロア見取り図は頭に入っているはずなのに……煙の中にいると方向も距離感もわからなくなるのだろうか。

直央は恐怖に襲われた。

このまま煙に巻かれてしまったら。

自分だけでなく、この小さい子どもまでが……

だめだ。

必死になって、這うように廊下を進み、直央は、絨毯の色が変わったことに気付いた。

絨毯の色合いは、従業員にだけわかる動線になっている。

この先に、階段室がある！

直央は、目が痛くてほとんど開けていられないように感じながらも、必死に階段室へと進み、閉まっていた扉を探し当てて思い切り押し開けた。

煙に押されるように階段室に転がり込む。

上か、下か……もちろん下だ……だが階段は、充満する煙で全く見えない。

そしてその目も、痛くてもう開けていられない。

息が苦しい。

直央は子どもを抱えたままその場にうずくまった。

今さらながら、火事の際に煙に巻かれて命を落とす、というニュースなどを思い出し、急に恐怖が直央を包んだ。

無謀だったのだろうか。

だが、あの客を……母親を、煙の中に戻すわけにはいかなかった。

そして煙の中にいるはずの子どもを放っておくわけにもいかなかった。

勝手に、自然に、身体が動いていた。

その結果、ここが自分の最期の場所になるのだろうか。

別世界に来て、解放感を味わって、違う人生をほんの短い間だけ生きて……

そして、終わるのだろうか。

そうだとわかっていれば、もっとしたいことがあった。

飯田に「好き」と告げたかった。

どうせ玉砕するにしても、自分の言葉で自分の気持ちを、生まれてはじめて好きになった人にちゃんと伝えたかった。

閉じた目から涙が溢れる。

悲しいのか、煙のせいなのか、もうわからない。

そのとき、腕の中で、暴れもせずおとなしくしていた子どもが身じろぎして、直央ははっとした。

だめだ、ここで諦めては。

この子だけはなんとか助けたい。

だが、どうすればいい……？

「いいださ……っ」

直央は思わず飯田を呼び、咳き込んだ。

だが、声に出さずにはいられない。

「いいださん……けて……た、すけて……っ」

そのとき。

「直央！」

直央を呼ぶ誰かの声が聞こえた。

「直央、どこだ！」

——飯田の声だ！

直央を「友部」ではなく下の名前で呼んでいる。

幻聴だろうかと思ったが、声はもう一度、はっきりと響いた。

「直央、どこにいる、返事をしろ！」

「いいださ、んっ！」

直央が咳き込みながら必死に大声を上げると、

「直央、私の声がする方が階段の下だ、わかるか」

励ますような飯田の声が、少し近付く。

そうだ、飯田がいるのが、階段の下なのだ。

直央は子どもを抱え直し、なんとか立ち上がって声のする方向に足を踏み出し——

足元に床がない、と感じた次の瞬間。

身体は下に向かって転げ落ちていった。

頭がぼうっとして、目の奥がずきずきする。

全身に力が入らない。

だが……自分が仰向けに横たわっていることはわかる。

ここはどこだろう。

目を開けてみればわかるのだろうか。

直央はゆっくりと瞼を押し開けた。

力が入らず、半分くらいしか開かない。

だがその視界の中に、誰かの顔が入ってきた。

白衣を着た人……看護師さん？　それとも医師？

ここは病院？

何か言っているようだが、まるで水の中にいるような輪郭のはっきりしない聞こえ方で、何を言われているのかよくわからない。

と、今度は別の誰かが自分の顔を覗き込んだ。

男らしく整った、好ましい顔立ち。

切れ長の二重の目が、わずかに細められる。

頷いて、何か言う。

やはり何を言っているのかよくわからないが……なんとなく、もう安心してもいいのだ、という感じがする。

直央は再び目を閉じ……

次に目を開けたときには、大分頭ははっきりしていた。

自分がベッドに横たわっていて、見知らぬ天井はなんとなく病院である、という感じがして……そしてじわじわと、火事のことが蘇ってくる。

そうだ、煙で何も見えないまま、階段を降りようとして……落ちた。

子どもを抱いたまま。

あの子はどうなっただろう……！

身じろぎすると、ベッドの脇に一人の男性がいた。

病院の検査着のようなものの上にニットジャケットを羽織り、そして片腕を吊《つ》っている
——飯田だ。

「起きたか」

視線が合って、飯田が穏やかに尋ねた。

「飯田さ……怪我……火事は、あの子は……」

少し掠《かす》れているが、声は出る。

「無事だよ」

飯田が頷いた。

「少し煙を吸ったが、もうなんともない。私のこれは、あの子を抱いたまままきみが階段を転げ落ちてきたのを受け止めて、肩を脱臼しただけだ。他に怪我人はいない。煙を吸って頭を打ったきみが、一番大変だった」

そう言って無事な方の手を伸ばすと、直央の頬に当てる。

少しひんやりした手が心地いい。

「でも大丈夫、もう二、三日で退院できる」

あの子は無事で、飯田は脱臼したが、他に怪我人はいない。

それだけ聞いて、安心する。

「……あのとき、飯田さんの、声が聞こえて……直央、って」

「うん、呼んだ」

飯田が頷く。

直央の目を真っ直ぐに見つめたまま。

「きみが、お客さまの子どもさんを探してB館に入っていったと聞いて心臓が止まるかと思ったよ、きみに万が一のことがあったらどうしようかと」

そう言ってから、ちょっと厳しい顔になる。

「ただ上司としては、ああいうときに単独で無茶をしたことは感心しない」

そして一拍置いて、ゆっくりと付け加える。

「個人的には、きみの勇気を誇りに思うけれどね」

誇りに思う、という言葉が嬉しい。

個人的には、という言葉も……少しばかり深く関わりすぎてしまった部下に対する言葉かもしれないが、それでも嬉しい。

そして直央は、煙に巻かれてもうダメかと思ったときに考えたことを思い出した。

そうだ、今この瞬間天災でも起きたら、また言えなくなる。

「俺……飯田さんが、好きです」

気負うことなく、ごく自然に言葉が辷り出た。

そして飯田も、驚いた顔はせずに、ただ微笑んで頷く。

「知っているよ」

そして、ちょっと茶目っ気のある笑みを頬に浮かべる。

この人はこんな素敵な笑みも持っているのだ、と直央は頭の隅で思っていると、飯田が続けた。

「もしかして、私がそれをわかっていないと思ったのか？　そして、まさか私の気持ちを知らない、などと言うんじゃないだろうね」

「え……」

直央は、頬に当てられたままの飯田の手が、じわりと熱を持ったように感じた。

「飯田さんの……気持ち……って」

「私にとってもきみは、思いがけず気持ちを持っていかれた、特別な存在なんだということがわからない？」

それは……それは、まさか。

直央の瞳に浮かんだ疑問を読み取ってか、飯田が苦笑する。

「私もきみが好きだよ」

ストレートな言葉が心臓を直撃し、直央は軽いパニックを起こした。

飯田も？

自分を好き？

「嘘《うそ》……」

思わずそう言うと、飯田が吹き出す。

「嘘じゃないよ。だったらきみは、私がどうしてきみの『思い出作り』を承諾したと思っているんだ？」

「え……同情……とか……」

飯田は真顔で首を振る。

「同情であんなことをできるような人間じゃないよ、私は。むしろ私はあの申し出に乗ることで、きみをこちらに引き留められたらと思ったんだ」

飯田はそんなことを考えていたのか……！

「でも……でも」

直央は、じわじわと嬉しくて恥ずかしいような気持ちが込みあげてくるのを感じつつも、まだどこか信じられないという気がする。

飯田が、この自分を好きだなんて。

「だって……俺はこっちではモブ顔で空気みたいに存在感のない人間だし……顔のことは置いておくにしても、性格だって地味で面白みがなくて……こっちにもともといた俺よりも、素直じゃないし、根暗だし……」

それは向こうの直央と鏡越しに話しながら、なんとなくの「違い」として感じていたことだ。

基本的な性格は同じなのかもしれないが、向こうの直央の方がよほど、入れ替わってしまった現実を前向きに受け入れ、ちゃんと生きていこうとしている気がする。

自分はぐじぐじと思い悩むばかりだ。

すると飯田が、直央の頬に当てていた手をそっと離し、真上から直央の顔を覗き込んだ。

その目が面白そうに輝いている。

「きみはなんというか……向こうの世界では絶世の美貌だったというわりに、自己肯定感がかなり低いんだな」

そう言ってから、優しく目を細める。

「私にとっては、きみは『わかりにくい』と言われる私の表情をちゃんと読み取って理解してくれる希有《けう》な存在なんだが」

「え……？」

自分が、飯田の表情を読み取って理解している？

確かに「ホテルマン型アンドロイド」の異名を取る飯田にも、意外に人間的でわかりやすい顔がある、とは感じている、が。

「でもあの……俺にも、ちゃんとはわからないっていうか……それに飯田さんは、俺に対してもなんていうか……子どもの頃のこととか聞いても教えてくれなかったりとか……」

なんとなく一線を引かれているところがある、という気がしていた。

レストランで食事をしたとき、飯田の子どもの頃のことを尋ねたらさりげなくはぐらかされたのだ。

そう、あれで……直央はなんとなく、飯田は自分にある程度の好感は持ってくれていても心は開いてくれないのだと思ったような気がする。

すると飯田は驚いたように目を見開いた。

「きみは……そんなところまで、私を感じ取れるのか」

どういう意味だろう、と直央が思っていると……飯田は、直央の目をじっと見つめた。

「あれは、私の問題だ。そしてたぶん……別世界に来てしまったきみにだけ理解してもらえることだ、と思う。聞いてくれるか」

それは、何か打ち明け話なのだと直央にはわかった。

飯田が誰にも言ったことがない、言うつもりがないことを、自分にだけ打ち明けようとしてくれている。

「聞きたいです」

直央が頷くと、飯田はベッドの脇にあった椅子に腰を下ろし、吊っていない方の手で布団の中にあった直央の手を探り当て、握った。

「私は……子どもの頃の記憶がないんだよ」

飯田は穏やかに言った。

「中学校に上がってすぐ、交通事故に遭ってね。頭を打ってしばらく入院したんだが……それ以前のことを完全に忘れてしまった。自分の名前も、家族のことも、学校のことも、すべて」

直央は驚いて飯田の言葉を聞いていた。

記憶がない……なくしてしまった、それも思春期の……人間形成にとても大事なときに。

「見覚えのない大人が私の家族だと言い、見覚えのない家が自分の家だと言われ……最初はパニックになったが、どうしようもなく、次第に現実を受け入れるしかなかった」

淡々と飯田は言うが、それはどれだけ過酷なことだっただろう。

「それで私は、自分は別世界からこの世界に来てしまったのだ、と自分に言い聞かせて自分の気持ちに折り合いをつけることにしたんだよ」

飯田がそう続け、直央ははっとした。

別世界。

知らない、別世界に来てしまったのだと……飯田はそんなふうに思うことにしたのか。

「もちろん、私はきみとは違う。きみは本当に別世界に来てしまったのだからね」

飯田はそう言うが、それでも向こうの世界とこちらの世界はよく似ているから、なんとかなったし、自分は大人だ。

中学生で、「別世界」の記憶があるわけでもなかった飯田の苦労とは比べものにならないだろう。

「……きみが入れ替わった頃」

飯田は自分の頭の中にあることを整理するようにゆっくりと言った。

「私はなんとなく、違和感を持ったんだ。ベルボーイであるきみのことはもちろん以前から知っていたわけだが、普通に働いていると全く注意を引かないきみが、ある日いきなり視界に入ってきたような気がした。きみが……そうだな、いつもと同じ仕事をこなしているはずなのに何か違和感を覚えていて、その違和感に戸惑っている感じがしたんだ」

確かに、入れ替わり直後は戸惑ってばかりだった。

飯田は……自分がかつて経験した戸惑いだったからそれに気付いた、ということなのだろうか。

「そして、あのイルミネーション」

飯田がやわらかく苦笑する。

「遊歩道の上の、人混みの真ん中でわざわざ立ち止まって、周りの人がぶつかってくるのを確かめて楽しんでいるようなきみを見て驚いた。そしてそのあとコーヒーを飲みながら、きみがこの世界を新しい目で見ているとわかって、私はもしかしたら、きみも私と同じように記憶を失ったのかと思ったんだ……すぐにそうではないことはわかったが」

そうだ、あのとき……この世界を新鮮だと感じている自分の言葉を、飯田は真面目に聞いてくれた。

「飯田さんはあのとき……昨日までとは違う目で世界を見ているのが、辛くはなく楽しいと感じるのならいいことだ、って」

直央が思い出しながらそう言うと、飯田が頷く。

「するときみは、もしかしたら私にはそれが辛かったことがあるのか、と尋いたね。それまで、私の胸の内をそんなふうに言い当てた人はいなかった。家族さえ」

飯田の顔がわずかに曇る。

「もともと私は記憶を失う前から、慎重すぎるくらいの子どもだったらしいが……記憶を失ってからは、とにかく自分が感じている不安や戸惑いを周囲に気取らせまいと無意識に表情を抑えるようになっていったのだと思う。周囲を観察し、違和感がないように振る舞って」

周囲を観察し、表情を抑える。

それは、直央自身も自分の「変なフェロモン」に惹かれる男たちに隙を見せないために、身につけていたことだ。

状況や目的は違うけれど、同じように他人を観察し、他人に感情を気取られないように生きてきた。

「きみは、私の感情を読み取ってくれる、私の気持ちをわかってくれる……特別な存在なのだと思うよ」

真剣な瞳で直央を見つめながら、飯田は言った。

その顔は、今だって直央以外の人から見れば「ホテルマン型アンドロイド」というあだ名がぴったりな、内面の読み取れない顔なのだろう、と直央にはわかった。

だが自分にはわかる……飯田が、本心からそう言ってくれていることが。

そして自分も……

「飯田さんは、俺のことを……わかってくれる……」

そう言葉にした瞬間、胸がいっぱいになって、涙が溢れてきた。

「俺、一人じゃない……向こうでも、こっちでも……俺は一人で……こっちの世界の方が生きやすいのは確かで、こっちにいたいけど、でもこっちでもひとりぼっちなのは同じなんだって思ってたけど……」

飯田がいる。

直央を理解してくれる、飯田がいる。

「そう、私がいる」

飯田は低く言って、直央の手をぎゅっと握りしめた。

「だから、向こうに戻らないでこちらにいてほしい……さっき言ったように、きみの『思い出作り』に乗ったのも逆にそれできみを引き留められたらと思ったんだが」

「え、あ」

直央ははっとした。

飯田は、直央を引き留めようとしてくれた。

そしてあのとき……飯田が抱いてくれて、わけがわからなくなって、意識が薄らいでいく中、直央は聞いたような気がした。

「直央、ここに、いるんだ」

そう言う、飯田の声が。

じわりと頬が熱くなった。

「行くなって……言ってくれた……？」

「そうだよ」

飯田の顔が近くなり、間近で視線が合う。

「それでもきみは向こうに戻ってしまうつもりなのか？」

行かせない、という強い意志が感じ取れる瞳。

これも、自分にだけ読み取れる飯田の感情なのだろうか。

「あの、戻らなくて……いいんです、たぶん」

直央は慌てて言った。

「戻らなくていい？　本当に？」

飯田の瞳に、喜びと驚きが浮かぶ。

直央は頷いた。

「あの、あっちの俺と話して……あっちの俺が、戻りたくないって……だから、たぶん……大丈夫で……」

もちろん直央にだって、そもそも入れ替わった原理がちゃんとわかっているわけではないのだから百パーセントの自信で言い切れるわけではないが、それでも百パーセント近く、だとは思う。

「そうか」

飯田の目が優しく細められる。

「だったら……私にできることは、きみにももっともっと強く、戻りたくないと思ってもらうことだな」

たとえば、とその唇が動く。

こうするとか。

そしてゆっくりと、飯田の唇が直央の唇に押し当てられ、直央は幸福感ではち切れそうになるのを感じていた。

三日ほど、直央は入院していた。

煙を吸ったことによる頭痛や喉の痛みはすぐ治まったし、頭を打ったのも異常なしだったし、大きな外傷もなかったので、あくまでも念のため、だ。

火事の原因は、宿泊していた若者のグループが、こっそり持ち込んだ卓上コンロで焼き肉パーティーをしていたのが原因ということで、ホテル側は被害者であることがわかった。

だがそのためＢ館と、Ａ館の一部の改装が必要になり、ホテルはしばらく縮小営業となるので、仕事への復帰も急ぐ必要がない。

そして直央は、客を助けるために負傷したということで、治療費などもすべて出してもらえることになった。

復帰後は正社員として働くことも決まっている。

飯田は入院こそしなかったが、肩が治るまで休みということで毎日見舞いに来てくれたし、驚いたことに両親が……「こちら」の両親が、別々にだが見舞いに来てくれたのも、嬉しかった。

直央にとっては「はじめまして」の両親だが、当然同じ顔、そして同じ性格だ。

それぞれの再婚家庭になんとなく馴染めなかったというのは両方の直央に共通することだったが、どちらの再婚相手も心配して一緒に見舞いに来てくれた。

たぶん、中学から高校生くらいの、まだ「親」が欲しいと思いつつ遠慮があった直央にとっては馴染めない環境だったが、自立した大人としてならどちらの家庭ともいい関係を保てる、という気がする。

そして退院の日。

飯田が車で迎えに来てくれ、直央は助手席に乗り込んだ。

肩を脱臼した飯田も、もう腕は吊っていない。

普段は電車通勤だが、プライベートで乗っているのであろう車は、しゃれたスポーツタイプだ。

自宅に送ってくれるのかと思っていた直央は、車が違う方向に走っていくのに気付いた。

「あの……どこへ……」

「私の家」

飯田はあっさりと答える。

「え」

飯田は運転しながらちらりと直央を見て笑った。

「ゆっくりと話したいこともしたいことが山ほどあるのに、このままきみを一人にできるわけがないだろう」

話したいことや……したいこと。

「え……あの、何を」

思わず言ってしまってから、何をもなにも……と一人でどぎまぎしていると、飯田が軽く吹き出した。

「もちろん、きみが思っているようなこともだが、他にもいろいろ甘やかしてみたくてね」

もう、と直央は赤くなった。

飯田はスマートな安全運転で山の手の高級住宅街へ向かい、低層マンションの地下駐車場に入った。

そのマンションの中の、二部屋しかない最上階に連れて行かれ、「飯田」と控え目な表札のかかった部屋に入り、直央は戸惑った。

これは……すごい高級マンションだ。

立地もそうだし、エントランスにはコンシェルジュらしき人がいたし、共用廊下に敷かれた、手入れの行き届いた絨毯とか、どっしりとした玄関扉など、すべてがワンランク上だとわかる。

そして中に入ると、シュークローゼットと大きな鏡のある広い玄関から二方向に抜ける廊下、その片方を奥に進むと、広い窓のある大きなリビングに出る。

ダークブラウンの床、グレーとオフホワイトの家具、カーテン。

リビングボードに飾られた趣味のいい置物、壁にかかった風景画。

ホテルのスイートのしつらえとはまた違う、質の高い、趣味のいい部屋だ。

飯田は、こういう言い方はなんだが、ホテルの一従業員にすぎないし、ホテルの給料というのは世間のイメージよりも安い。

それで、こんなところに住めるものなのだろうか。

「……ここ、飯田さんの家、なんですか……？」

直央が室内を見回してそう尋ねると、

「そう。分不相応だと思うだろう？　うちのホテルの主任クラスの給料で住めるようなところじゃない、と」

飯田が笑いながらそう言って、上着を脱ぐと、部屋の中央にあるソファのひとつの背にぱさりと放り投げる。

「そのことも含めて、いろいろきみに白状したくてね。適当に座って」

そう言われて直央は、革張りの三人掛けのソファの端っこに腰を下ろした。

飯田はリビングに繋がるキッチンに行き、コーヒーメーカーをセットし、カップボードから何か取り出している。

白状ってなんだろう、飯田は何を話してくれるつもりなのだろうとうずうずしている直央の前に、飯田がマグカップを置いた。

「確か、これだったね」

ミルクが泡立つカフェラテだ。

あのイルミネーションのとき、カフェで直央が飲んだものを覚えていてくれたのだ。

「ありがとうございます」

直央が言っている間に、飯田はごく自然に、直央の隣に座る。

その手に持ったカップには、ブラックコーヒーが入っている。

「……ここはね」

飯田は直央がカフェラテをひとくち飲むのを見てから、ゆっくりと言った。

「もともとは親の持ち物だ」

ということは、親はかなりの資産家なのだろうか、と思っていると、飯田が尋ねた。

「ミノヤテック……という会社を知っている？」

直央の頭に、MINOYATECというロゴが浮かんだ。

テレビコマーシャルなどでもよく見る、古くからある機械部品や空調機器の会社で、さらに近年は家電やアパレルにまで手を広げている複合企業だ。

「あれがまあ……私の家でね」

さらりと言った飯田を、直央は驚いて見つめた。

「家、え、あの会社が……え？」

「創業家というか、大株主というか」

飯田がちょっと決まり悪そうに説明する。

創業家……大株主……ということは。

飯田は相当な資産家の、相当な名家の、御曹司ということではないのだろうか。

「え、だったらどうして……ホテルで普通に……？」

ミノヤテックという会社は、何かホテル業と関係があっただろうか、うちのホテルの空調はあそこのではなかったはずだし、と直央が混乱していると。

「まあ、そのへんがね」

飯田が肩をすくめる。

「先日言ったように、私は中学校以前の記憶がない。なんとか生活に馴染もうとして一番馴染めなかったのが、いわゆる資産家の、お坊ちゃま的な扱いだ。どうにも強烈な違和感があってね」

「違和感」

直央は思わず繰り返した。

記憶を失うだけでも大変なのに、そもそもの、自分の人生の基盤となる情報に違和感がある、というのは、なかなかハードなことではないだろうか。

「だからこそ、別世界から来た……などという考えで自分を納得させようともしたんだが、違和感が拭えないのはどうしようもない。親としては、大学を出たら関連企業で修業していずれは本社勤務、というルートを考えていたようだが、それもいやでね。まあ、兄が二人もいる三男坊だし、記憶喪失のこともあって親も私に対して距離を測りかねている部分もあったから、最終的にはわがままを通して、家とは無関係な仕事についた」

「じゃあ、ご実家とは……疎遠……？」

自分の境遇を思いながら直央が尋ねると、飯田は軽く首を振る。

「もう人生の半分をこの状態で生きているわけだからね。さすがに今は割り切ってそれなりに付き合っているよ」

そうは言っても「それなりに」という言葉の裏に、努力や苦労が透けて見える。

直央は、思わず飯田が膝の上に置いていた手に、自分の手をそっと重ねた。

「……俺とは違うけど……飯田さんも」

肉親もいるし、決して恵まれない環境ではなかったけれど、「一人」だと感じながら生きてきた人なのだ。

「うん。きみもまた、違和感の中で生きてきて……そして本当に別世界に来てしまったからこそ、私の気持ちをわかってくれるのだと思う。それが嬉しいんだよ」

飯田がそう言ってくれることが、直央も嬉しい。

状況は全く同じではなくても、わかり合える人がいることが。

プライベートが謎だと言われている飯田が抱えてきたものを、「別世界から来た」自分だから、自分だけに、理解できるのだ。

「飯田さんはわかってくれる……そして俺は飯田さんのことがわかる……これって、こんなすごいことがあるなんて……！」

声が震える。

胸がいっぱいになって直央が飯田の顔を見つめると……飯田がちょっと悪戯っぽい笑顔になった。

「聞きたかったんだが……きみの世界では美醜の感覚が違うということだが、向こうの感覚では私は、どういう顔のどういう男なんだろう？」

「え……と」

直央は躊躇った。

「飯田さんはその……あっちの飯田さんは、ちょっと残念っていうか……あ、いえ」

「なるほど、ちょっと残念、か」

飯田が笑う。

「そしてきみは絶世の美貌で……そのきみは、今の私の目にはもちろんそういう美貌とは違うが、とても好感の持てる、よく見るとパーツのひとつひとつに品がある、優しい顔立ちだと感じる」

飯田の声に甘さが混じり、直央はじわりと耳が熱くなるのを感じた。

美貌ではない……でも好ましい、品のある優しい顔立ち。

飯田はモブ顔の直央の、内側にあるものを見てそう言ってくれるのだ。

そして直央も……

「俺も、飯田さんの顔が好き、って思って……今の俺には、全然残念なんかじゃなくって、すごく端正で男らしくて、飯田さんらしくって……好き」

好き、と二回も言ってしまった、と直央は思いつつ、飯田の顔から目を逸らせない。

飯田の視線に捕まってしまった、と思う。

そう、飯田の顔だから好きなのだ。

顔の造作がどうだからいい、とかではなく。

そう思うことのできる、こちらの世界の感覚が心地いい。

「じゃあ、これも言っていいかな」

飯田の声が優しくひそめられる。

「きみの唇は、なんだか無性にキスしたくなるかたちをしている、と」

じり、と体温が上がるのがわかる。

「飯田さんの、唇も」

直央は声が掠れるのを感じながらそう言い……飯田の口が微笑みのかたちのまま近付いてくるのをぎりぎりまで見て、そして目を閉じ、飯田の唇を受け止めた。


キスをして、もっとキスをして、次第に深くなるキスをして。

抱きつき、抱き締められ、しがみつき、また抱き締められる。

頭がぼうっとして何も考えられないでいるうちに、膝裏を掬《すく》われ、抱き上げられた。

「あ……肩」

直央は、飯田が脱臼したばかりだと思い出しはっとしたが、「大丈夫」と軽く言って、飯田はそのまま廊下に出て、別の部屋に通じる扉を軽く蹴飛ばして開ける。

そうではないかとは思ったのだが、やはりそこは寝室だった。

ベッドの上にふわりと降ろされる。

「少し狭いが、まあなんとかなるだろう」

直央の上にのしかかってきながら、飯田がちょっと笑って言った。

ベッドはダブルサイズで、枕はひとつ。

つまり、飯田がこの家で、このベッドで、他の誰かと……という日常ではなかったのだろう、と窺《うかが》わせる。

すぐにまた唇が重なり、そして飯田の手が直央の服を脱がせにかかったので、直央も手探りで飯田のシャツのボタンを外した。

飯田の身体に触れたい、素肌と素肌を重ねたい、そんな欲求の前に、羞恥心《しゅうちしん》など吹き飛んでいる……と思ったのだが、いざ下着まで剝ぎ取られて飯田の視線に全身をさらされると、吹っ飛んだ羞恥心は猛スピードで帰ってくる。

「え、えと」

この間は、向こうの世界に戻る前に、という切羽詰まった焦りで突っ走ったのだが、今改めて両思いになって互いを確かめ合うのだと思うと、なぜか前回よりも恥ずかしい。

「こら、ここで我に返らない」

どこを隠せばいいのかもじもじと動かそうとした手を、飯田が摑んで広げてしまう。

その手の摑み方も、指と指を絡ませる「恋人繋ぎ」で、もうそれすら嬉しくて恥ずかしくて嬉しい。

そして、自分に覆い被さる飯田の身体に視線を辷らせると、無意識に身体がぶるりと震えた。

滑らかな肌と、その下の、流れるような筋肉。

男らしく、同時に美しい身体だと感じる。

それに比べて、自分の身体は……向こうではあれほど、奇跡的なバランスの奇跡的な美しさであったはずの自分の身体が貧相に感じてしまう。

と、飯田が片手を解いて、つん、と直央の乳首を突いた。

「あっ」

それだけで、甘い声があがってしまう。

「つつましやかで、それでいて敏感で、かわいい」

飯田が含み笑いをして言った。

直央が自分の身体に自信がないと思っているのが顔に出てしまい、わざわざ口に出して褒めてくれているのだとわかる。

「俺の身体……好き、ですか」

おずおずと尋ねると、

「好きだよ。きみは、私の身体が好き？」

飯田が尋ねる。

「きれいで……男らしくて……すごく、好き……触りたい」

思わずそう言うと、飯田は直央に覆い被さっていた身体を、直央の隣に横たえた。

「じゃあ触って、きみの……直央のいいように」

直央、と呼ばれて全身がぞくぞくした。

あの「思い出作り」のとき、薄れかけた意識の中で「直央、ここに、いるんだ」と言ってくれた声が蘇る。

「あ……」

直央は身体の芯《しん》が火照ったように感じ、そして飯田の胸に掌を這わせた。

掌に伝わる張りのある肌の質感。

引き締まった腹。

指先に叢が触れ……そして、すでに力を持っている、飯田のものがあった。

そっと握ると、飯田の腹が一瞬びくりと波打つ。

熱い……そして、固い。

直央が飯田のものを握り、ぎこちなく扱き始めると、飯田の手も直央の股間に伸びてきて、直央は自分もとっくに熱くなっていることに気付く。

唇を合わせながら互いのものを扱き合っている、そのシチュエーションだけで腰の奥が疼《うず》いてたまらなくなる。

だが……体勢が、なんだかもどかしい。

無意識に直央は、飯田の下半身の方に自分の上体をずらしていた。

と……

飯田の腕がそれを助けるように、ひょいと直央の身体の向きを変え——

気がつくと直央は、自分の足を飯田の頭の方に向け、飯田の身体に半身を乗り上げるような姿勢になっていた。

次の瞬間、飯田がもう一度軽く握った直央のものが……熱くぬめったものに包まれた。

「あ……っ」

思いがけない快感が全身に走り、直央はのけぞった。

飯田の唇が……飯田の舌が、直央ものを包み、絡み、愛撫している。

そういう行為があることは知っていたけれど、こんなに気持ちがいいものだったなんて。

「あっ……あ、あっ……っ」

尖《とが》らせた舌先が先端をくじり、たちまち込みあげてくる射精感に似たものを必死に堪《こら》える。

気持ちいい、どうにかなりそうだ。

だがそれでも頭の片隅にはまだ、何か考えるだけの余裕がわずかに残っていて……

直央は、両手でしがみつくようにしていた飯田のものに、顔を近寄せた。

自分がこれだけ気持ちいいことを……飯田にしたら、飯田だってきっと、気持ちいい。

気持ちよく、なってほしい。

直央は思いきって飯田のものに唇を寄せ、そして舌で先端を舐めた。

その熱さと、滲み出ているものの塩気に、怯《ひる》むどころかぞくっとする。

「……無理をするな」

直央のものを浅いところで唇に含んだまま飯田が言ったが、無理などしていない、と直央は思い、思い切って唇で飯田のものの先端を含んだ。

飯田がかすかに笑ったのが聞こえ……そして再び、直央のものも飯田の口腔に深く飲み込まれる。

「んっ……ん、ふっ……っ」

腰が蕩けるような快感に飲み込まれそうになりながら、直央は無意識に飯田の動きをなぞって、同じように飯田を愛撫していた。

薄い皮に包まれた熱く固いものを、唇で扱き、舌全体で舐め、舌先でくびれを確かめ、そしてまた唇で扱き上げる。

その唇や舌からも「気持ちいい」という信号が脳に伝わってくる。

次第に、自分が感じている快感が、自分の下半身から来るものなのか、口腔で感じているものなのか、わからなくなってくる。

自分が誰かの……同性の性器をこんなふうに愛撫することがあるなんて、考えてもみなかった。

あんなに、他人から触れられることに嫌悪を感じ、自分から他人に触れるなんて想像もできなかったのに。

一方的な欲望を向けてくる見ず知らずの男たちに触られるのと、自分が望んだ相手に触られるのは全く違うことなのだ。

と、飯田の唇が強く根元から直央のものを扱き上げ――

「あ……！」

自分でも思いがけないほど突然、直央は射精していた。

「あ、あ……あ」

これまで経験したことがないような絶頂に、身体をのけぞらせて震えていると、脚の間に何かが潜り込んできた。

飯田の……手、そして、指。

ぬるりとした感触は……たった今自分が放ったものだ。

「んっ……ん、ああ、あっ」

躊躇うことなく奥を探り当て、開き、忍び込んでくる。

異物に一瞬怯んだ直央の身体は、次の瞬間には、飯田の熱いもので穿《うが》たれたときの記憶を思い出していた。

自分の身体の内側に、奥深くに飯田を受け入れたことを。

熱に穿たれ、肌と肌が密着し、これ以上ないほど近くに飯田を感じたことを。

飯田は指を抜き差ししながら内壁を押し広げ、そして次第に奥へと入り込む。

だが一番感じるところはわざとのように避けている。

あとで、もっと太く熱いものでそこを刺激するつもりなのだとでもいうように。

「んっ……く、ぅ……ふっ」

直央は自分の息が上がり、声が甘くなり、そして腰の奥にじりじりと熱が溜《た》まっていくのを感じた。

これが、欲しい。

自分が今握りしめて、愛撫もできなくなっている、これが。

「もっ……おねがっ……っ、いいださ、んっ……っ」

そう呼んだとき、じゅぷっと音を立てて指が引き抜かれ、その刺激がまた直央の身体を震わせる。

飯田の手が直央を仰向かせ、そして両膝に手をかけて大きく開かせた。

来てくれる、彼が。

直央が待ちきれずに両腕を広げて飯田に差し伸べると……

飯田は直央の片手を取って、その掌に唇を押し付け、言った。

「はるひこ、と呼んでごらん、直央」

飯田の下の名前を、はじめて聞く気がする。

「は、るひこ……さ……っ」

はるひこ……漢字はわからない、けれど唇に乗せると心地いい音。

「いい子だ」

飯田はそのまま直央の掌や指の間に舌を這わせ、思いがけない刺激に気を取られていると、いつの間にか奥にぴたりと、飯田の切っ先が当てられていた。

ぐ、と飯田が腰を進める。

「……っ……あ、あっ……っ」

息を詰めずに飯田を受け入れることを、身体がなんとか思い出す。

「そう、上手だ、そのまま」

飯田も何かを堪えるような声音で言い、じりじりと奥へと進んでくる。

「あ、あっ……はっ……あ――」

突然中が蕩けたように開いたのが自分でもわかった。

飯田が一気に奥を突く。

「あ、あ、あ」

浮いた腰に、ゆっくりと上体を倒してきた飯田の腕が回る。

胸と胸が重なり、直央も両手で飯田を抱き留め、肩に腕を回してしがみつく。

火照る肌と肌がぴったりと重なり、もうそこからひとつに溶けあっていきそうだ。

「直央……」

飯田が直央を呼び、唇を重ねてくる、そのキスもどこか余裕がなくせわしないのが、さらに興奮を呼ぶ。

「直央、ずっといるね、私と一緒に、ここに」

確かめるように飯田が言い、直央は頷いた。

「いる……ずっと、いっしょ、にっ……っ」

真上にある飯田の顔を見つめると、飯田の眉が苦しげに寄せられ、前髪が乱れて額にかかっているのが、おそろしく艶《つや》っぽい。

この人が好き。

そして、この人がいる世界が、自分のいるべき場所。

飯田の瞳も「同じ世界で生きよう」と言ってくれているのがわかる。

飯田が、ぐいと直央の腰を抱え直したかと思うと……

直央の快感の源を抉る、確実な動きで、律動を刻み始めた。

「水？　それとも何か味のついたもの？」

飯田が直央に尋ね、直央が「みず……」と答えると飯田は軽やかにベッドから出て立ち上がり、キッチンに行って戻ってきた。

そのペットボトルを渡してくれるのかと思ったら、飯田は自分の口に含んで、そのまま口移しに飲ませてくれる。

うわあああ……こういうことって、こういうことなんだ。

嬉しいのと恥ずかしいのでぐちゃぐちゃになり、言語能力がどこかにいってしまう。

先日の「思い出作り」のあとは、余韻も何もなく逃げるように直央は立ち去った。

今は、ようやく汗の引いた身体を、飯田が簡単に拭ってくれ、「あとでシャワーに行こう」と言ってまた隣に横たわると、直央を抱き寄せる。

汗が引き、少し温度の下がった飯田の肌が、気持ちいい。

男二人で横になるには少し狭いダブルベッドが、また心地いい。

「さて」

直央を胸に抱き寄せたまま、頭の上で飯田が楽しそうに言った。

「まずは大きめのベッドに買い直さないとな」

それは……この家のこの寝室に、飯田の隣に、直央が寝るスペースを作ってくれるということだ。

「だんだんに、私物も持ち込んでくれると嬉しいよ」

飯田はそうも言う。

それは、時間をかけながらゆっくりと、二人の生活を重ね合わせていくという意味だ。

向こうの世界とこちらの世界が次第に離れていくのとは反対に、飯田と自分は、別々の方向から来た川が、どこかでいずれ合流するようにひとつになるのだ、という気がする。

「……俺、甘えちゃいますよ」

直央は思わず言った。

これまで、こんなふうに誰かに自分を委ねたことは一度もない。

飯田という心地よさを知ってしまったら、たががはずれてしまうような気もする。

しかし飯田は軽く笑った。

「望むところだ。むしろ私が、きみを甘やかしたくてたまらない。自分にこういう欲求があるとは知らなかった」

その声は低く甘く、耳に心地いい。

飯田さん、と呼ぼうとして、直央ははたと気付いた。

これからは下の名前で呼んだ方がいいのだろうか、それともあれは……ベッドの中だけで呼ぶべきものなのだろうか。

「え、えと……あの……はるひこさん、って……どういう漢字ですか」

とりあえず直央はそう尋ねてみた。

「温度の温で、はる。そして彦根の彦だ」

温彦《はるひこ》……と直央が頭の中で確認すると、飯田が身体をずらして直央の顔を見つめた。

「呼んでごらん」

改めてそう言われると恥ずかしくてくすぐったいが、呼びたい。

「温彦、さん」

「直央」

飯田が直央の名を呼び返し……そして目を細めて喉で笑う。

その瞬間直央は、ベッドの中だけでなく、もうずっと下の名前で呼んでいいのだ、とわかった。

「仕事で呼び間違えないように気をつけないと」

独り言のつもりが、つい声になってしまう。

すると飯田が瞬きをした。

「……それを気をつけなくてはいけない期間も、そう長くはないかな」

「え？」

どういう意味だろう、と思って飯田を見ると、飯田が真顔になる。

「たぶん、あと半年くらいで、私は今のホテルをやめるつもりでね」

直央は驚いて言葉を失った。

もちろん、ホテルマンというのは割合転職の多い職場だということは知っている。ホテルを渡り歩きながらさまざまなノウハウを身につけてステップアップしていく人は多い。

そして引き抜きも珍しくないことだ。

「もしかして……どこかからマネージャーの話、とか……？」

飯田なら、主任クラスで何年も置いておくような人材ではないだろう。

でもだとしたら、今のホテルの正社員の話を受けてしまった自分とは職場が離ればなれになってしまう、と思っていると。

「直央」

飯田が少し改まって直央を呼んだ。

「直央はホテルマンという仕事をどう思っている？　そもそもは何か他にやりたいことがあって、就職がうまくいかなくて、と聞いたけれど」

「え……えと、旅行関係、なんですけど」

一番やりたかったのは旅行の企画だが、就職活動は直央の「厄介な美貌」が邪魔をしてことごとく失敗だった。

「今も、できるならそちらにいきたいのか?」

飯田が重ねて尋ねてくる。

直央は考え込んだ。

そういうわけでもない……ような気がする。

「なんか、たぶんあれは……現実逃避的な……? ホテルの仕事も面白いし……お客さまが旅のにおいみたいなものを運んできてくれるので、それで満足っていうか」

むしろ、ホテルマンとしてもっと上にいってみたい、という気がしている。

だとしたら目標は飯田のようなホテルマンだ、とも思う。

「旅のにおい」

飯田がはっとしたように目を見開いた。

「私もどういうわけか家業と関わりのないホテルという職場に惹かれたんだが……お客さまの旅のにおい、か」

直央の言葉を繰り返す。

「つまり、ホテルという場所は、すべての人がある意味異邦人なので、私にとっても居心地がよかったのか。直央の言葉でわかったよ」

記憶をなくし、なんとなく自分が生きる場所に違和感があった飯田にとっても、「すべての人が異邦人」であるホテルが心地よかった……そういうことなのか、と直央も驚く。

「それにまあきみは、別世界に来る、というとんでもない旅を成し遂げたわけだしね」

飯田は微笑み、それからまた真顔になる。

「実はね、私はいずれ自分のホテルを持とうと考えているんだ」

「え⁉」

直央は思わず素っ頓狂な声をあげた。

ホテルマンとしてのゴールは支配人だと思っていたけれど……自分のホテル、ということは……オーナーということ？

「ホテルで働き出してから、私はどうやら自分の理想のホテルを自分で作りたいのだとわかってきてね。資金の方は以前から運用していた個人的な資産を土台にそろそろめどがつきそうだし、経営に関してもブレーンになってくれる人間のあてもある。それでそろそろ動き出そうかと」

そうか……！

飯田がもともと大企業の御曹司であることを考えれば、もともと何か自分名義の株があったとかかもしれないし、経営についての人脈もあるのだろう。

飯田が「偵察」と称して都内のホテルのサービスを見に行っていたのも、いずれ自分の理想のホテルを持ちたいという夢があってのことだったのかと合点がいく。

飯田の目は、ホテルマンとして上にいくというところを通り越して、もっと遠くを見ていたのだ。

もともと、誰かに使われる側ではなく、上に立つ立場の人として生まれついている、ということなのかもしれない。

「すごい……！」

直央が思わずそう言うと、飯田は直央の身体を少し引き寄せた。

「それで、もしきみがホテルマンという仕事が好きなら……私には、きみに理想的なホテルマンとしての資質がじゅうぶんにあると思っている。経験を積んで、いずれ私のホテルを手伝ってくれたら、と思うんだが」

私のホテル、という言葉を聞いて、直央の脳裏にぱあっと「理想のホテル」の景色が広がった。

すべての「異邦人」がくつろげる、一時的だが心地いい「居場所」。

飯田が作るホテル、そこに自分がホテルマンとして「居る」。

「行きたい……いいだ……温彦さんのホテルに行きたい、働きたい！」

もちろんそれまでに、直央自身が何年がかりかでスキルを磨いて、ということだ。

「よし、じゃあスカウト予約決定だ」

飯田は目を細めた。

「じゃあそれまでは、私のプライベートなパートナーとして、私があちこち旅行に行って偵察をするのに付き合ってくれるかな？　これから先は海外も増えると思うんだが」

それは、旅行業界には未練がないとしてもやはり「旅のにおい」が好きな直央にとってはとてつもなく嬉しい頼みだ。

そしてどこへ行くにも何をするにも飯田と一緒に。

「俺」

胸がいっぱいになりながらも、直央はようやく、自分が感じていることを表せる言葉を見つけた。

「やっと、自分の場所にいられる……！」

厄介な美貌である自分と別れ、モブ顔で空気ではあるが、それでも自分を見つけてくれ、唯一理解し合えるこの人の側で、同じ理想を持つ。

こここそが、本当の本当に自分の居場所なのだ……！

「うん、そして私もね、やっと違和感なく一緒に居られる人を……直央を見つけられた」

飯田は微笑み……そしてそのまま、どちらからともなく、ゆっくりと顔が近付き……また、唇が重なった。

記念日

「さて」

とある休日、ベッドの中で気だるく寝坊を楽しみながら、飯田《いいだ》が訪ねた。

「今日は寝坊の日だけれど、次の休みにしてみたいことはある？」

シフト勤務のため二人一緒に休みを取れる日は貴重だが、そんな日は前夜から飯田のマンションに泊まり、寝坊して一日ゆっくり過ごすこともあれば、朝から直央《なお》がしたいことに飯田が付き合ってくれることもある。

これまで、二人で平日のテーマパークを楽しんだり、有名な避暑地までドライブをしてみたり、話題の映画を観に行ったりした。

「俺がやりたいことには、大分付き合ってもらったので」

直央は、自分の肩を抱き寄せている飯田の顔を見上げた。

「今度は温彦《はるひこ》さんがやりたいことがあったら、俺が付き合いたいなあ……」

意図せず語尾が甘える響きを帯びて、直央は気恥ずかしくなったが、飯田は目を細めた。

「そうだな、私がきみと一緒にやりたいこと、というのがひとつ、あるにはあるんだが」

「なんですか⁉」

勢い込んで尋ねた直央に、飯田はちょっと躊躇《ためら》ってから答える。

「写真をね……ちゃんとした写真を、一緒に撮ってみたいかな、と」

写真。

「写真は、いや？」

飯田が尋ねたので、直央は首を振った。

「いやじゃないです、っていうか考えたことなくて」

自分の、厄介ごとを引き起こす美貌が大嫌いで、向こうの世界では、直央はずっと鏡と同じくらいに写真を避けてきた。

どうしても撮らなくてはいけない学校の集合写真などでは、前髪を目まで垂らして、俯いて、なるべく顔が映らないように工夫していたくらいだ。

こちらの世界に来てからは自分の「モブ顔」が面白くて、テーマパークで自撮りしたり出かけた先で飯田が撮ってくれたりしているが、飯田が今言っているのは、そういうものとは少し違うのだとわかる。

「それって、写真館みたいなところで……？」

働いているホテルにも写真室はあるが、そういうところで写真を撮るのは、結婚式や、何か特別な記念日に限ると思っていた。

「そうだね、私の実家では両親の結婚記念日などにそういう写真を撮る習慣があったんだが、何しろ私にとっては他人事みたいな行事だったから」

中学生のときに記憶を失った飯田は、家族が本当に自分の家族であるという実感が薄いまま過ごしてきた、ということは聞いている。

「だから、私にとっての家族写真というか、特別な写真を、きみと撮ってみたいという気がしていてね」

家族写真……！

もちろん、飯田と自分は「家族」ではないけれど、お互いにとってお互いが、最も近しく最も気持ちを許せて安らげる相手なのだということは直央にもわかってきている。

その人と、特別な写真を撮る、という特別なイベント。

「ちょっとよそ行きの服装をして」

飯田は直央の髪を撫でた。

「髪型も……そうだな、一度美容院でちゃんとしてみるのはどうだ？」

直央は髪型もずっと、目立たない無難なものばかりを選んでいた。

だがこちらの世界では、色を変えようとパーマをかけようと、誰も気にしないからこそ好きにできる。だったら……さすがにピンクに染めるのはなしとしても、ほんのちょっとだけ、今までと変えてみたい。

そう考えるとうきうきしてくる。

「撮りたいです！　撮りましょう！」

直央が言うと、飯田は嬉しそうに頷いた。

まずは服を買う。

就活用のスーツ以外は学生が着るようなカジュアルしか持っていない直央に、飯田がしゃれたジャケットを基本とした一式を見立ててくれた。

向こうで「美貌の自分」がこんな格好をしたら目立ちすぎて嫌みだっただろうが、こちらでのモブ顔の自分だからこそこんな服装もできる。

次に美容院に行って、軽くウエーブのかかった、額に前髪がかかりすぎない優しい雰囲気のパーマをかけてもらう。

飯田は飯田で、通勤用の無難なジャケットやスーツとは違う、仕立てのいいスーツ姿。

それから予約しておいた写真館に行って、二人並んで、ポーズをとる。

それだけでもうわくわくだ。

そうやって撮った写真から台紙に貼ってもらう一枚を選ぶのだが、二人が「これを」と一致して選んだのは、自然な笑顔で二人で見つめ合っている写真だった。

改めて飯田の顔は本当に好ましいと思えるし、自分の顔も、美貌でもモブ顔でも他人の評価はどうでもよくて、ただただ「自分の顔」として好きになれそう、という気がする。

「表紙に文字をお入れできますが、どうしましょう？　何かの記念日とか、どちらかのお誕生日とか、ご希望がございましたら」

カメラマンが尋ね、直央は飯田と顔を見合わせた。

記念日でも誕生日でもない……が、直央にとっては特別な写真、特別な日。

記念写真を撮った日。

「記念写真……記念日？」

思わずそう言ってから「いやそうじゃなくて」とあたふたしたが、飯田は面白そうに目を細めた。

「それはいいな、記念写真記念日。それでお願いします」

カメラマンも笑って「いいですね、かしこまりました」と頷く。

そう……そうやって今日は記念写真記念日となり、この先もこういう二人だけの記念日が重なっていくのだ。

写真館を出ると、外はきれいな夕焼けだった。

この夕焼けを、二人にとっての「記念日」に二人で見たのだと……この先も繰り返し思い出すのだろう。

自然と、二人の手が近付き、指と指が絡まる。

「夕飯は……何かデリでも買って帰ろうか」

飯田の声に「早く二人きりになりたい」という響きを感じ取り、全く同じことを考えていた直央は嬉しくなって頷いた。

あとがき

このたびは「超美形の俺が別世界ではモブ顔です」をお手に取っていただき、ありがとうございます。

タイトルでお気づきの方もいらっしゃると思いますが、これは前作「モブ顔の俺が別世界ではモテモテです」と対になるお話です。

よく似た、けれど美醜の感覚が違う二つの世界に住む主人公がふとしたことで入れ替わり、それぞれ新しい世界で幸せになるお話です。

それぞれ独立したお話ですので片方だけでもお楽しみいただけますが、両方お読みいただくとより楽しんでいただけるのではないかと思います。

順番はどちらからでも大丈夫です。

前作を思いついたときには続編を書く予定は全くなかったのですが、できあがってみたら担当様が「これは向こうの直央の話を読みたいですよね」と言ってくださり、私ももちろん書きたい、むしろ「書かねば！」という気持ちになっていました。

間を置かず、すぐに書かせていただけたのはとてもありがたいことでした。

前作がページ数多めのお話になり、対になるお話として時系列を合わせながら書いていった結果、なんと前作よりも本編が長くなり……！

文庫としては厚めの二冊、ということになりましたが、中身はいっぱいに詰め込んでありますのでお得感はあるかと思います！

主人公があっちとこっちで別々の人とくっついた結果、あっちとこっちで余ってしまった人たちがいますが、それはまあ、なるようになっていくのでしょう。

今回のタイトルも、対になる感じで私が出した案を担当様が修正してくださり、編集部のタイトルマスターのＯＫも出て、割合すんなり決まりました。

しかし既刊本のタイトルを見ているとどんどん長くなっていますので、次は、本編も長すぎずタイトルも長すぎないお話を書きたい……と思いつつどうなりますか（笑）。

イラストは前作に続き、花小蒔朔衣先生にお願いすることができました。

このところの異世界もの続きの流れで、なんと四冊連続です。

いつも、小説を本当に丁寧に読み込んで細かいところに気付いてくださり、世界観を補強してくださる素晴らしいイラストの数々に感動しております。

前作と今作で直央の髪の流れがちょっと違うのは、花小蒔先生のご提案なのですよ。モブ顔の主人公をこんなにもかわいく素敵に描いていただき、私も直央たちも幸せ者だと思っております。

本当にありがとうございました。

担当様にも、今回も大変お世話になりました。

いつも漠然とした案の段階からいろいろ助言をくださって、いただいたアイディアから話が広がっていくことが多々あります。

今後もよろしくお願いいたします。

そして、この本をお手に取ってくださったすべての方に、御礼申し上げます。

年明けからいろいろなニュースがあり大変な思いをなさっている方もたくさんいらっしゃると思いますが、つかの間でも現実世界からちょっと離れてお楽しみいただければと思います。

編集部宛にご感想などいただけますと励みになりますので、よろしくお願いいたします。

また次の本でお目にかかれますように。

夢乃咲実

✦初出　超美形の俺が別世界ではモブ顔です……………書き下ろし
記念日……………………………………………………書き下ろし

夢乃咲実先生、花小蒔朔衣先生へのお便り、本作品に関するご意見、ご感想などは
〒151-0051 東京都渋谷区千駄ヶ谷 4-9-7
幻冬舎コミックス　ルチル文庫「超美形の俺が別世界ではモブ顔です」係まで。

幻冬舎ルチル文庫

超美形の俺が別世界ではモブ顔です

2024年3月20日　　第1刷発行

✦著者　夢乃咲実《ゆめの さくみ》

✦発行人　石原正康

✦発行元　株式会社 幻冬舎コミックス
〒151-0051 東京都渋谷区千駄ヶ谷 4-9-7
電話 03(5411)6431［編集］

✦発売元　株式会社 幻冬舎
〒151-0051 東京都渋谷区千駄ヶ谷 4-9-7
電話 03(5411)6222［営業］
振替 00120-8-767643

✦印刷・製本所　中央精版印刷株式会社

✦検印廃止

ISBN978-4-344-85400-0　C0193　Printed in Japan